세계문학공부

양자오(楊照)
중화권의 대표적인 인문학자.
언론, 출판, 교육 분야에서 다채롭게 활약하며, 『타임』이 선정한 아시아 최고의 서점 청핀에서 10년 넘게 교양 강의를 하고 있다. 소설가로서 여러 권의 문예평론집을 쓰기도 했다. 라디오 프로그램에서 좋은 책을 소개하며 꾸준히 대중과 소통하는 진행자이기도 하다. 『이야기하는 법』과 『추리소설 읽는 법』 등을 썼고 동서양 고전을 일반 독자의 눈높이에 맞춘 저술로 독자와 텍스트를 잇는 가교 역할을 하고 있다.

김택규
중국 현대문학 박사이자 전문 번역가. 중국 현대소설 시리즈 '묘보설림'을 기획한 바 있고 『논어를 읽다』를 포함하여 양자오 선생의 중국 고전 강의 시리즈 대부분을 번역했다. 『번역가 되는 법』과 『번역가K가 사는 법』을 썼고 『아Q정전』, 『나 제왕의 생애』 등의 문학 작품을 비롯한 60여 권을 옮겼다.

영원한 소년의 정신

永遠的少年：村上春樹與海邊的卡夫卡
楊照 著

영원한 소년의 정신
하루키 읽는 법

양자오 지음

김택규 옮김

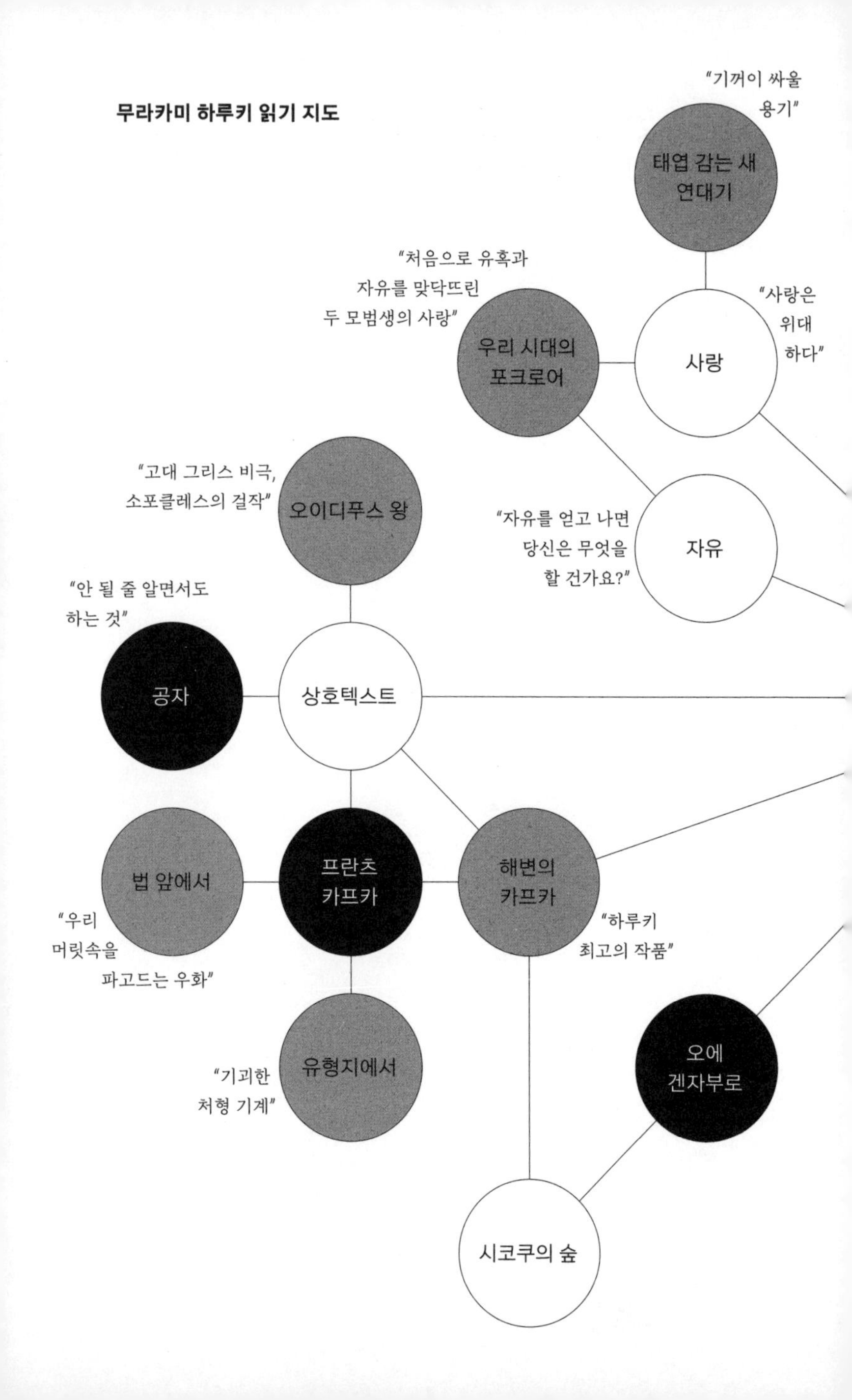
무라카미 하루키 읽기 지도
"기꺼이 싸울 용기"
태엽 감는 새 연대기
"처음으로 유혹과 자유를 맞닥뜨린 두 모범생의 사랑"
우리 시대의 포크로어
사랑
"사랑은 위대하다"
"고대 그리스 비극, 소포클레스의 걸작"
오이디푸스 왕
"자유를 얻고 나면 당신은 무엇을 할 건가요?"
자유
"안 될 줄 알면서도 하는 것"
공자
상호텍스트
법 앞에서
"우리 머릿속을 파고드는 우화"
프란츠 카프카
해변의 카프카
"하루키 최고의 작품"
유형지에서
"기괴한 처형 기계"
오에 겐자부로
시코쿠의 숲

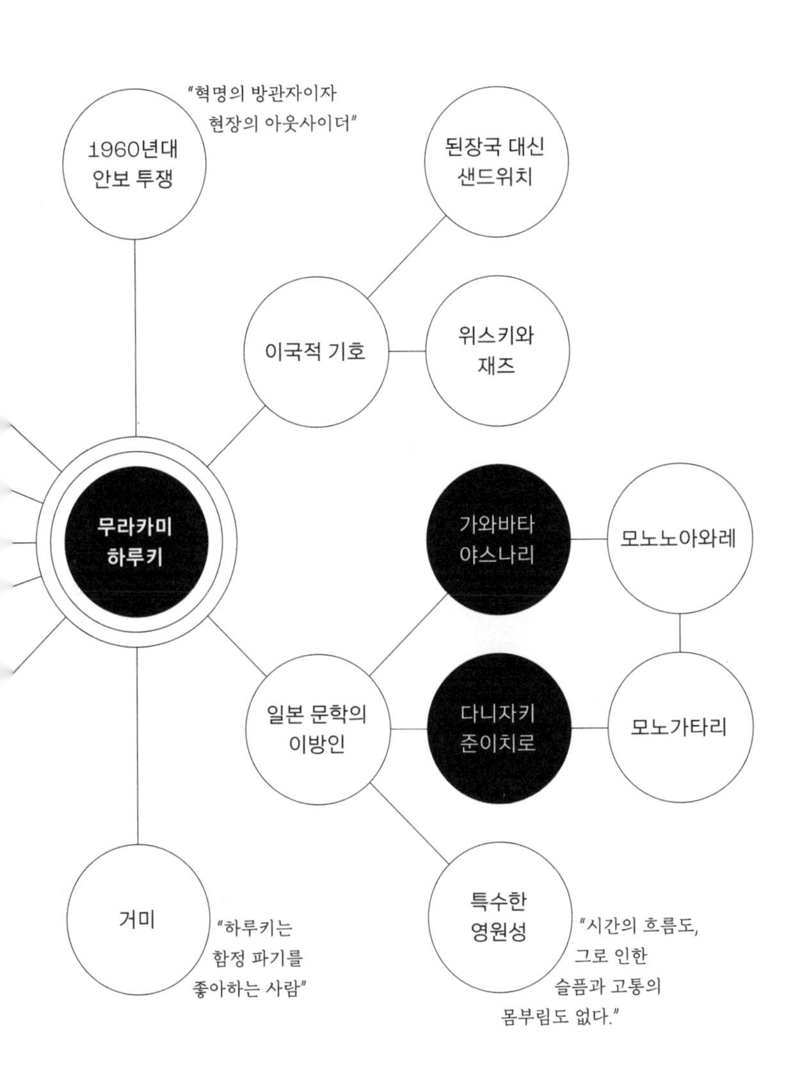
"혁명의 방관자이자
현장의 아웃사이더"
1960년대
안보 투쟁
된장국 대신
샌드위치
이국적 기호
위스키와
재즈
무라카미
하루키
가와바타
야스나리
모노노아와레
일본 문학의
이방인
다니자키
준이치로
모노가타리
거미
"하루키는
함정 파기를
좋아하는 사람"
특수한
영원성
"시간의 흐름도,
그로 인한
슬픔과 고통의
몸부림도 없다."

들어가는 말

어른의 세계에 발 디디기를 거부하는 '영원한 소년'
—무라카미 하루키가 진정으로 창조해 낸 것

1

나는 20년간 무라카미 하루키를 읽어 왔다. 타이완에서 출판된 그의 번역본은 다 읽은 듯하다. 타이완에서 번역될 가능성이 별로 없는 책은 좀 더 시간을 들여 직접 일본어 원서를 보았다. 재즈와 클래식에 관한 그의 에세이가 그런 책들이었다.

무라카미 하루키를 읽는 가장 큰 즐거움은 책 속에 '다음에 뭘 할 것인가'에 관한 갖가지 암시, 심지어 지령이 숨겨져 있는 것이다. 그의 작품에서 어떤 음악이나 책이 언급되면 독자는 '오, 그러면 슈베르트를 찾아 들어 봐야지!' 하거나 '이 부분을 다 읽고 『마의 산』을 읽어 봐야겠다!' 같은 생각을 자연스레 하게 된다.

이것은 독특한 독서 경험으로 보통 책을 읽을 때 첫 번째 줄부터 마지막 줄까지 집중해서 읽는 것과는 조금 다르다. 마치 책 속에서 산책을 하다가 어느 상점 앞에서 정신이 팔리는 것과 비슷하다. 쇼윈도에 놓인 여러 가지 물건을 보고 우리는 망설이며 생각한다. 계속 갈까, 아니면 멈추고 이 가게에 들어갈까?

더욱이 나는 그렇게 정신이 팔리는 것이 하루키의 작품 속에 본래부터 존재하는 논리 때문이라는 것을 분명하게 알고 있다. 나라는 독자가 진지하지 못해서도 아니고, 독자가 진지하게 계속 읽을 수 있는 글을 쓸 능력이 작가에게 모자라서도 아니다. 그의 소설은 산책의 바탕 위에 서 있다는 점에서 매우 특별하다.

2

하루키의 소설로 인해 특별한 해프닝이 있기도 했다.

그중 하나는 타이완에서 그의 소설을 모방하는 사람들이 무더기로 나타난 것이다. 특히 1990년대 초 '신인류 소설'이라 불린 작품 중에 '짝퉁 하루키'가 넘쳐 났다. 확실히 그 작가들은 하루키를 읽고 그의 소설 속 분위기와 어조에 매료되어 펜만 들면 그런 것을 써 내곤 했다.

하지만 사람들은 그들의 '짝퉁 하루키'를 보고 쉽게 그 잔꾀를 간파했으며 그들이 어떻게 하루키 소설을 읽었는지도 금세 알아챘다. 그들은 하루키 소설 속에 숨겨진 각종 암호와 암시를 무시할 수도 있었고 하루키 소설의 큰길가에 문을 연 각종 상점에 들어가 안에 도대체 뭐가 놓였는지 살펴보지 않을 수도 있었던 것 같다. 그들은 그 큰길의 네온 불빛에만 현혹된 나머지 쇼윈도 안에 전시된 것이 슈베르트든 드뷔시든 레이먼드 챈들러나 토마스 만이든 상관하지 않고 전부 그런 분위기의 도구에 불과하다고 생각했으며 바로 집에 돌아온 후 책상에 앉아 무조건 그 큰길을 상상하며 복제했다.

그들은 하루키의 지나치게 진지하면서도 지나치게 경솔한 독자였다. 지나치게 진지했던 것은 힘들여 하루키의 작품을 탐독했기 때문이며 지나치게 경솔했던 것은 하루키가 배치한 각종 기호의 정확한 내용이 뭔지 따져 볼 마음이 없었기 때문이다. 그래서 그들이 만들어 낸 큰길은

밋밋하기 그지없다. 드라마 속 조잡한 무대 세트처럼 길 양쪽의 쇼윈도는 다 가짜이고 그 안의 물건들도 자세히 들여다보면 아무렇게나 붙인 사진일 뿐이다. 당연히 산책하던 사람들이 들어갈 만한 상점도 없다.

나는 그렇게 깊이 없는 소설이 너무 혐오스러워 1991년에 그런 현상을 비판하는 글을 쓰기도 했다. 그래서 오랫동안 많은 이들이 내가 무라카미 하루키를 싫어한다고 생각했다.

3

그렇지 않다. 나는 하루키를 싫어한 적이 없다. 더 사실에 가깝게 말하면 내게 그는 줄곧 나를 곤혹스럽게 한 수수께끼였다. 20년 동안 끊임없이 사유하고 수수께끼를 풀도록 나를 유인했다.

『노르웨이의 숲』이 하루키의 최고 베스트셀러인 것은 조금도 의외가 아니다. 그러나 『노르웨이의 숲』이 일본에서 출간 직후 수백만 권이 팔리고 누적 판매 부수가 천만 권에 이른 것을 보고 이런 의문을 도저히 지울 수가 없었다. '이렇게 슬픈 소설이 왜 슬픔을 회피하는 이 시대에 이

토록 인기가 있는 걸까?'

『노르웨이의 숲』의 서두를 보면 비행기에서의 옛일이 서술된 후 바로 우물이 등장한다. "우물은 초원이 끝나고 잡목림이 시작되는 경계선에 있다. 땅 위에 난데없이 뚫려 있는 지름 1미터가량의 시커먼 구멍을 풀이 교묘하게 덮어 감추고 있다. 그 둘레에는 울타리도 없고 다소 높게 쌓은 돌담도 없다. 입을 벌린 그 구멍만 있을 뿐이다."

이것은 진정한 발단이면서 소설 전체의 핵심적인 메타포이다. 우리의 인생은, 적어도 소설에 나오는 주인공들의 인생은 우물이 숨겨진 들판을 걸어가는 여정이다. 그들이 소설의 주역이 되고 함께 사랑 이야기를 발전시키는 까닭은 그들 모두 무방비 상태에서 그 무시무시한 우물에 빠졌었기 때문이다.

나오코는 그 우물에 빠지는 게 얼마나 무서운 일인지 이렇게 묘사한다.

"목뼈가 부러져 깨끗이 죽으면 좋겠지만 그냥 발만 삔 정도면 정말 대책이 없어져. 아무리 큰 소리를 질러도 듣는 사람이 없고, 누가 발견해 줄 가능성도 없고, 사방에 지

네나 거미만 마구 기어 다니고, 거기서 죽은 사람들의 백골이 군데군데 쌓여 있고, 어둡고 축축하지. 그리고 머리 위에는 빛이 만들어 낸 동그라미가 겨울 달처럼 아주 조그맣게 떠 있어. 그런 곳에서 혼자 외롭게 천천히 죽어 가는 거야."

이것은 사실 나오코 자신의 삶에 관한 묘사이기도 했다. 그녀가 무방비 상태일 때 그녀와 함께 자란 연인 키즈키가 돌연 자살을 한다. 유서도 설명도 없이 그냥 죽는다. 그래서 나오코는 큰 소리를 질러도 듣는 사람 하나 없는 우물 속에 던져지고 말았다. 그나마 그녀가 얻을 수 있었던 약간의 위안은 마찬가지로 키즈키의 죽음 때문에 큰 충격을 받은 와타나베와 함께라는 것이었다. 그들 두 사람의 사랑은 우물 속을 지키는 사랑이었기에 처음부터 절망적인 슬픔이 가득했다.

레이코도 우물에 빠진 사람이었다. 그녀는 나오코보다 운이 좋았지만 또 운이 나쁘기도 했다. 운이 좋았던 것은 그녀가 구조되어 우물에서 벗어났기 때문이다. 그녀는 단순한 사람을 만났다. 그녀와 마음을 공유하고 싶어 할 정도로 단순한 남자를 만나 새롭게 정상적인 생활을 할 수 있었다. 운이 나빴던 것은 우물에서 벗어났어도 다시 우물에 빠지지 말라는 법은 없다는 데서 비롯되었다. 역시 무방비 상태에서 레이코는 사악한 소녀의 흉계에 빠져 다시 그 무서운 우물에 빠지고 만다.

4

하루키는 냉혹하고 현실적이며 계산적이어서 이런 핵심 캐릭터 외에도 세상의 사랑을 아예 모르거나 알고 싶어 하지 않는 나가사와와 그의 곁에서 사랑의 감정을 계산하지도, 배반하지도 못하는 하츠미를 덧붙인다. 두 사람은 계속 희망 없는 갈등을 연출한다.

이런 인물들로 이뤄진 관계가 어떻게 그 많은 사람을 매료시켜 책을 읽게 했을까? 또 어떻게 그들이 책을 읽는 과정에서 그 깊은 슬픔에 동상을 입거나 책 읽기를 중도 포기 하는 일이 없게 했을까? 확실히 많은 이들이 끝까지 책을 읽었고 입소문을 퍼뜨려 다른 사람들에게 읽기를 권하기도 했다. 그러면서 이 책은 하나의 사회 현상, 나아가 사회적 사건이 되었다.

설마 소설 속의 또 다른 인물인, 늘 비정상적으로 대담하게 행동하고 남이 이해하기 어려운 말을 구사하는 미도리 때문이었을까? 오직 그녀만이 뜬금없이 우물에 빠지고 난 뒤의 당황스러움이나 혼란과 비애를 느끼지 않는다.

그렇다면 우물에 빠져 발버둥 치는 여러 인물 속에서 미도리는 과연 무엇일까? 혹시 그녀에게 어떤 힘이 있어서 그들의 세계에 개입하는 것을 넘어 그 세계의 기존 틀까지 바꾼 것일까?

나는 책 속의 어떤 말에 중요한 답이 숨어 있다고 믿는다. 그것은 나오코의 상태가 악화되었다는 레이코의 편지를 받은 뒤, 와타나베가 마음속으로 죽은 친구에게 한 말이다.

> "이봐, 키즈키. 나는 너랑 다르게 계속 살기로 했어. 게다가 힘닿는 대로 잘 살아 보기로 했어. (……) 왜냐고? 난 나오코를 좋아하고 그녀보다 강하기 때문이지. 나는 지금보다 더 강해질 거야. 더 성숙해질 것이고. 어른이 되는 거지. 그래야 하기 때문이야. 지금까지 난 가능하면 열일곱, 열여덟에 머물고 싶었어. 하지만 지금은 그렇게

생각하지 않아. 나는 이제 십 대 소년이 아니거든. 책임이라는 것을 느껴. 이봐, 키즈키. 나는 이제 너랑 함께 지내던 시절의 내가 아니야. 벌써 스무 살이라고. 그리고 난 계속 살아가기 위해 제대로 대가를 치러야만 해.”

책임을 느끼는 것은 바로 괴짜 미도리의 가장 귀한 장점이다. 그녀는 살면서 자기가 져야만 하는 책임을 한 번도 회피한 적이 없었다. 그 책임이 별로 끌리는 것이 아니어도 마찬가지였다. 그녀는 언니와 둘이 교대로 가게를 보면서 병든 아버지를 보살핀다. 물론 피곤하고 쓸쓸할 때 와타나베에게 이런 말을 한 적이 있긴 하다.

“나 지금 진짜 피곤해서 죽겠고 누가 곁에서 귀엽다거나 예쁘다고 해 주면서 잠을 재워 줬으면 좋겠어. 그냥 그것뿐이야.”

하지만 그녀는 도피하지 않았고 도피하려 하지도 않았다.

“자고 나면 기운이 펄펄 날 거야. 자기한테 또 이런 무리한 일을 부탁할 리는 없을 거야.”

미도리와 비교하면 소설 속 다른 인물들은 모두 이런

활력과 용기, 꿋꿋이 계속 살아가고자 하고 계속 살기 위해 기꺼이 대가를 치르는 정신이 부족하다. 이 정신이 와타나베를 감화한 동시에 이 슬픈 소설을 지탱하면서 독자들이 절망하지 않고 흥미를 간직한 채 끝까지 읽을 수 있게 해 주는 듯하다.

『노르웨이의 숲』은 아래의 말로 마무리된다.

"나는 어디인지 확신할 수 없는 곳의 한가운데에서 계속 미도리를 부르고 있었다."

우리 중 누구도 지금 내 삶의 발걸음이 대체 어디에 놓여 있는지, 또 다음 발걸음이 혹시 들판의 우물에 빠지지는 않을지 확신하지 못한다.

5

"책임이라는 것을 느껴."에서 특히나 계속 살아가야 하는 책임과 운명적인 조건에 저항하는 책임은 지난 30년간 하루키 소설이 단 한순간도 등한시한 적 없는 주제이다. 그는 다양한 소설에서 다양한 수법과 방향으로 이 주제를 탐색해 왔다. 그것들은 우리의 행위에 대한 책임, 과거의 기억에 대한 책임, 명령에 따른 것에 대한 책임, 환상과 꿈에 대한 책임, 나아가 운명과 숙명적 태도에 대한 책임이었다.

가장 직접적이면서도 명확하게 이 책임의 주제를 펼쳐 낸 소설은 『해변의 카프카』이다. 『해변의 카프카』의 소설 개념은 "책임은 꿈에서 비롯된다."라는 W. B. 예이츠의 시를 바탕으로 수립되었다. 하루키는 당신이 먹은 것들이 곧 당신You are what you eat이라거나 당신이 한 일이 곧 당신You are what you did이라고 생각하지 않는다. 그에게 중요한 것은 당신이 생각하는 것이 곧 당신You are what you think of, 나아가 당신이 꿈꾸는 것이 바로 당신You are what you dream이라는 점이다. 우리가 어떤 꿈을 꾸고 어떤 꿈을 품느냐가 무엇보다 더 진실하게 우리가 어떤 사람인지 결정한다. 그래서 우리는 자기가 한 일만 책임져서는 안 되고 자기가 꿈꾼 것까지 책임져야 한다.

더욱이 자신의 꿈을 책임져야만 사람은 비로소 용감하고 힘 있게 자신이 누구이고 어떤 사람인지 결정할 수 있다. 하루키의 소설 중에서 『해변의 카프카』보다 더 분명하고 대담하게 책임이라는 주제를 다룬 것은 없으며 지식의 밀도에서도 역시 『해변의 카프카』를 뛰어넘는 것은 없다.

그래서 내 개인적인 생각으로는 『해변의 카프카』는 하루키의 가장 훌륭한 작품이며 또 가장 인내심을 갖고 산책을 해 볼 만한 작품이다.

2008년, 나는 '청핀아카데미'에서 시험적으로 여러 수강생과 함께 5주에 걸쳐 『해변의 카프카』를 산책해 보았다. 본래 쉽게 사람들 눈에 띄는 휘황찬란한 대로변 외에도 우리는 멀리 돌아서 그리스 신화와 비극이 가득 놓인 가게, 카프카 작품 전문점, 오에 겐자부로의 문학적 영혼으로 만들어진 꿈인지 생시인지 모를 그윽한 숲, 하루키의 예전 작품들로 꾸며진 기념품점에 들어가 보았고 그런 산책이 『해변의 카프카』와 관련해 어떠한 여러 가지 독서 경험을 낳는지도 관찰했다.

나는 이 작은 책을 그 5주간의 커리큘럼을 기초로 정리하고 보완해 완성했다.

6

20년간 하루키의 작품을 읽으면서 나는 그가 고지식한 소설가라고 단정 지었다. 제재가 무엇이든 일단 그가 소설로 쓰기만 하면 그 소설은 짙은 성장 소설의 색채를 띤다. 하지만 그가 쓰는 소설은 소년이 어떻게 사회 속에서 성장하고 살아가야 하는지에 대한 것이 아니다. 그보다는 소년이 어떻게 사회와 싸우면서 성장하고 자신의 꿈이 무엇인지 깨달으며 그 꿈을 위해 기꺼이 책임과 대가를 짊어지는가에 관한 것이다.

그래서 그의 소설 속에는 '용기', '터프함' 같은 단어들이 계속 등장한다. 『해변의 카프카』에서 까마귀 소년은 다짜고짜 다무라 카프카에게 "넌 이제부터 전 세계에서 가장 터프한 열다섯 살 소년이 돼야 해."라고 말한다.

하루키는 이런 용기와 터프함을 추구하는 것이 성장의 관건인 것처럼 계속 밀고 나간다. 아울러 이런 용기와 터프함의 추구를 삶에서 유일하게 중요한 일로 보고 소설을 통해 삶에서 유일하게 중요한 그 주제를 건드리고자 한다.

하루키는 30년간 소설을 썼으니 30년간 소년의 성장 체험을 되풀이해 써 온 셈이다. 최근에 발표한 대작 『1Q84』에서도 역시 아오마메와 덴고의 성장에 관해, 그들이 어떻게 서로의 신념을 찾고 용감하고 터프하게 스스로를 악몽 속에서 구해 내는가에 관해 썼다. 아오마메가 자살을 포기하고 기필코 덴고를 데리고서 악몽 같은 세계에서 벗어나겠다고 결심했을 때, 그녀의 몸속에도 미도리와 똑같은 피가 흐르고 있었다. 어떻게든 우물에 빠지게 될 운명이어도 자신이 살아 있는 것에 대한 책임을 쉽사리 내동댕이칠 리는 없었다.

무라카미 하루키가 진정으로 창조해 낸 놀라운 경관은 몇백만 부, 몇천만 부의 판매 기록이 아니라, 30년간 쉬지 않고 싸우고 노력하는 성장의 이야기를 기록해 온 것이다. 시종일관 소년과 성인의 경계에서 배회하면서 정식으로 성인의 영역에 발 디디기를 거부해 온 하루키는 용감하고 터프한 삶에 사로잡힌 영원한 소년이다.

제1장 하루키와 1960년대의 소동

영원히 젊은 하루키

무라카미 하루키는 이미 예순이 넘었다(2021년 현재 하루키의 나이는 만 일흔한 살이다). 내게 이것은 받아들이기 힘든 사실이다. 내 머릿속의 하루키는 언제나 젊기 때문이다.

하루키는 1949년에 태어나 1968년 대학에 들어갔다. 당시 그는 열아홉 살이어서 일반적인 경우보다 1년 늦게 대학에 간 것이었고 와세다대학에서 공부했다. 와세다대학은 게이오대학과 함께 일본에서 매우 중요한 사립대학이다.

일본의 제국 대학*은 국립의 엘리트 학교이다. 예를 들어 가장 유명한 '아카몬'赤門** 도쿄대학은 주요 목표가 정부 관료가 될 인재를 키워 내는 데 있다. 도쿄대학 졸업생 중 가장 우수한 이는 보통 외무성이나 통산성을 택해 들어가며 이것이 도쿄대 졸업생의 일반적인 진로다. 사립대학과 국립대학 졸업생의 진로는 서로 완전히 다르다. 게이오대학은 기업 인재 양성소로 유명하고 와세다대학은 역사적으로 문예의 분위기가 가장 짙은 학교다.

하루키는 본래 법률을 전공하고 싶어 도쿄대 법학과에 응시했다가 떨어졌고 1년 뒤 마음을 바꿔 와세다대 연극과에 들어갔다. 그가 와세다대에 들어간 해는 전후 일본의 발전에서 대단히 중요한 시점이었다. 그는 입학한 지 얼마 안 돼서 전후 일본에서 가장 격렬했던 학생 운동 사건인 1969년 '안보 투쟁'을 경험한다.

1955년 미국은 1945년 종전 이후 10년간 계속된 일본 점령을 마감하고 미군 사령부를 일본에서 철수했다. 그러면서 '55년 체제'***가 탄생하여 수십 년에 걸친 자유민주

---

* 일본이 제2차 대전 전에 일본 본토와 타이완, 한국에 설립한 9개의 국립대학을 가리킨다. 도쿄제국대학, 교토제국대학, 규슈제국대학, 도호쿠제국대학, 홋카이도제국대학, 오사카제국대학, 나고야제국대학, 경성제국대학(오늘날의 서울대), 타이베이제국대학(오늘날의 국립 타이완대)이었고 제2차 대전 이후 모두 폐지, 개편되었다.

** 정문이 빨간색이어서 붙여진 도쿄대학의 별칭(옮긴이)

*** 1955년부터 시작되었으며 일본 자유민주당이 국회에서 과반수 의석을 차지하여 자유민주당과 재야 사회당의 38년에 걸친 양당

당 정권이 시작되었고 동시에 미국과 일본이 '안전 보장 조약'을 체결했다. 이 미일 안전 보장 조약의 주요 내용은 미국이 일본의 안전을 보장하는 것이었다. 제2차 대전에서 항복할 때 일본이 '영구 무장 해제'에 동의했기 때문이다. 이때부터 지금까지 일본에는 형식상 군대가 없었다. 군사화된 군대를 설립할 수 없어 단지 '자위대'를 창설했을 뿐이다.

일본에서는 전에 유엔평화유지군에 참여하느냐 마느냐를 놓고 한바탕 논쟁이 벌어진 적이 있었다. 그 근본적인 이유도 헌법에 규정된 '영구 무장 해제'와 '자위대'의 정의 때문이었다. 일부는 주장하길, 자위대는 스스로를 지키는 데만 활용해야지 절대 다른 용도로 활용해서는 안 되며 더욱이 일본 밖의 다른 나라 영토로 자위대를 파견해 평화유지를 수행하게 하는 것은 당연히 위헌이라고 했다. 하지만 또 다른 사람들은 주장하길, 헌법의 정신은 일본이 다른 나라를 공격하는 데 무력을 사용하는 것을 금지하고 있기는 하지만, 그래도 일본에 자위대가 있는 것은 평화 수호에 무력을 활용하는 것을 헌법이 용인함을 의미하므로 평화유지군 참여는 결코 위헌이 아니라고 했다.

일본이 무장하면 안 되는 배경 하에서 두 차례에 걸쳐

정치 국면을 형성했다. 이 정치 체제는 1993년 자유민주당이 선거에서 패배하며 종결되었다.

안보 투쟁이 일어났다. 첫 번째 안보 투쟁은 미일 안전 보장 조약이 체결될 때 일어났고 두 번째 안보 투쟁은 그 조약이 시한 만료로 갱신될 때 일어났다. 그 두 시점에 일본 사회에서는 강력한 항의 운동이 벌어졌다. 항의의 대상은 미국이었으며 항의의 내용은 미일 안전 보장 조약으로 인해 미군이 일본에 주둔해서 일본의 평화적, 중립적 역할을 파괴한 것과 함께 일본을 미소 냉전의 바둑돌로 만들었고 이것은 전후 일본의 철저한 '비군사화' 약속에 어긋난다는 것이었다.

이 입장의 배후에는 더 복잡한 정서가 존재했다. 미일 안전 보장 조약으로 인해 일본은 계속 미국의 종속국으로서의 위치에 머물렀으며 제2차 안보 투쟁이 일어날 때는 전쟁이 끝난 지 벌써 20년이 지난 시점이었는데도 일본은 여전히 미국의 통제에서 벗어나 독립국의 지위를 획득할 방도가 없었다. 이런 현실을 일본인은, 특히나 전후에 성장한 일본 젊은이들은 당연히 갈수록 받아들이기 힘들어 했다.

제2차 안보 투쟁이 제1차 안보 투쟁보다 더 치열했던 것은 저항의 주체가 젊은 대학생들이었기 때문이다. 그리고 일본 경제가 이미 재건되어 예전보다 자신감이 커졌고 이에 따라 국가의 독립적 지위에 대한 요구의 목소리가 높아진 것도 또 하나의 중요한 원인이었다.

미국에 대한 모순적 콤플렉스

우리는 일본의 학생 운동과 1960년대 구미 학생 운동의 연동 관계도 소홀히 하면 안 된다. 1950년대 미국의 부유한 환경에서 자란 세대는 전 세대의 보수성과 폐쇄성을 강하게 비판하고 저항 운동을 전개했다. '포트휴런 선언'*을 시작으로 미국의 대학 캠퍼스는 분노한 청년들이 벌이는 혁명 운동의 중심이 되었다. 유럽에서는 학생 운동이 사회적 공정성의 의제에까지 이어져 노동자 조직 및 사회당, 공산당과 밀접한 상호 관계를 유지했다.

구미 사회에서는 스무 살 전후의 젊은이들이 맨 앞에서서 가장 격렬한 목소리를 내고 사회 전체를 발칵 뒤집어 놓았다. 이런 외부 환경에 일본 젊은이들은 크게 자극을 받았다. 그러나 일본 젊은이들의 저항은 미국과 유럽보다 다소 복잡하고 애매했다. 그들은 권력을 쥔 윗대에 저항해야 했을 뿐만 아니라, 자유민주당 뒤에서 더 크고 실질적

---

* 학생 운동 조직 '민주사회를위한학생연합'(Students for a Democratic Society, 약칭 SDS)의 창시자이자 1960년대 미국 학생 운동의 가장 중요한 리더 톰 헤이든이 1962년 포트휴런에서 기초한 선언이다. 이 선언은 "우리는 이 세대에 속한 젊은이로서 편안하게 성장했지만 불안한 눈빛으로 우리를 둘러싼 이 세계를 응시하고 있다."라는 말로 시작된다. 참여 민주주의의 이론적 모형과 신좌파의 정치적 행동 강령이 포함된, 세계 학생 운동 역사의 중요한 문건이다.

인 권력을 쥐고 있던 미국에도 저항해야 했다. 극도로 모순되고 기괴했던 것은 미국이 그들에게 저항하고 타도해야 할 대상임과 동시에 그들이 저항 정신을 섭취한 가장 중요하고 심지어 유일한 원천이었다는 점이다.

수십 년간의 군국주의 통치를 겪은 일본에 저항의 전통이 있었을 리 없다. 조금 더 거슬러 올라가면 메이지 유신의 젊은 지사들이 왕정복고를 위해 목숨을 바치기는 했지만, 안보 투쟁 당시의 그 세대 대학생들은 유신의 역사에 대해 아예 인식이 없었다. 미군 점령 기간에는 '무사도'를 군국주의의 근원으로 간주하고 '무사'와 관련된 모든 내용을 교육과 매체에서 배제했다. 심지어 무사도의 정신적 상징인 후지산이 영화에 나오지 못하게까지 했다. 오늘날 우리에게 익숙한 무사 소설과 유신 소설은 모두 미국인이 떠난 뒤에야 쓰이고 유행하기 시작했다.

그 세대 일본 청년들은 심각한 정신 분열증을 갖고 있었다. 미국을 열렬히 사랑하고 본받으려는 한편 미국에서 배워 온 저항 정신으로 미국에 저항했다. 그러므로 단순히 바깥을 향해 발산하는 종류의 저항일 리 없었고 필연적으로 내적 성찰의 성격을 띠었으며 자기모순, 더 나아가 자기 부정의 내용까지 있었다.

뒤에서 우리는 오에 겐자부로에 관해 이야기할 것이다. 오에 겐자부로는 하루키보다 나이가 좀 더 많지만 역시 그런 모순적인 정신의 산물이다. 그가 쓴 일본어는 보통의 일본인도 이해하기 어렵다. 읽으면 마치 어떤 외국 글을 어색하고 조잡하게 번역해 놓은 것 같다. 그는 프랑스어에 대단히 능숙하며 그 밖에 영어, 독일어, 심지어 러시아어까지 읽을 수 있다. 이 방면에서 보면 그는 사상적으로 매우 서구화된 인물이다. 그런데 이렇게 서구화된 인물도 서구화의 가장 주된 원천인 미국에 대한 반대에 참여해야 했다. 이것은 그들의 삶에서 가장 근본적인 곤혹과 고민이었다.

그렇게 서구화의 모순이 뒤엉킨 안보 투쟁의 과정에서 하루키는 애매하고 특수한 콤플렉스가 생겼다. 그가 대학에 들어간 지 얼마 안 돼서 안보 투쟁이 폭발하여 캠퍼스에 당당히 등장했기 때문이다. 그는 캠퍼스의 신입생이자 햇병아리였으며 성격이 다소 수동적이어서 현장에 있기는 했지만 정식으로 투쟁에 참여하지는 않았다. 안보 투쟁은 하루키가 속한 세대의 일본인에게는 평생 접해 본 가장 열광적인 군중 운동이었다. 당시 그의 상황은 나보다 일고여덟 살 어린 타이완 청년들이 겪었던 것과 다소 비슷했다. 그들은 대학에 들어가자마자 '90 학생 운동'*과 맞닥뜨렸거나 혹은 90 학생 운동이 막 끝났을 때 대학에 들어갔다. 그들은 운동 속에 있었으면서도 운동을 놓쳤고 심지어 현장에 있었던 탓에 더욱 놓쳤다는 느낌을 지우지 못했다.

혁명 현장의 아웃사이더

안보 투쟁은 그에게 몇 가지 영향을 남겼다. 첫째, 그는 거대한 장면들을 목격한 탓에 혁명의 열정이 폭발한 당시 상황을 뚜렷하게 기억했다. 안보 투쟁은 타이완의 90 학생 운동보다 더 격렬했고 더 오래갔으며 영향도 더 컸다. 그들의 운동은 서구에서 들여온 투쟁 전략에 대한 학습과 모방을 통하여 강의실 봉쇄, 동맹 휴업, 나아가 행정 부서 점거와 진압 경찰과의 교내 대치뿐만 아니라 수상 관저를 포위하는 대규모 가두 투쟁까지 포함했다. 이런 것들을 하루키는 직접 보기도 하고 겪기도 했다. 이어서 둘째, 눈앞에서 웅장하게 펼쳐지던 혁명의 격정은 그와 직접적인 관계는 없었으며 그는 한 번도 내부인으로 거기에 참여한 적이 없었다. 현장의 아웃사이더였던 것이다. 그 운동은 그의 마음속에서 약간의 갈망을 불러일으켰고 아마 약간의 부

* 1990년 3월 타이베이시 중정(中正)기념관 앞에서 발기한 학생 운동이다. '국민 대회 해산', '임시 조항 폐지', '국시(國是) 회의 소집', '정치·경제 개혁 로드 맵 제시'를 요구했다. '3월 학생 운동', '들백합 학생 운동'이라고도 한다. 이 학생 운동의 참여자 중 다수가 훗날 정치계와 사회 각계의 엘리트가 되어 '학생 운동 세대'라고 불렸다.

러움도 있었을 것이다.

하지만 혁명이 금세 사그라들었을 때 아웃사이더로서 그는 혁명의 영웅적인 분위기와 무관했고 혁명에 참여해 멋지고 격정적이며 낭만적인 기억을 남긴 적도 없었기 때문에 혁명이 아무 성과 없이 끝났음을 즉시 간파하고 인정할 수 있었다. 혁명의 영광스러운 기억 속에 몸담았던 당사자들은 혁명이 그저 일시적으로 일어났다 그렇게 사라져 버린 것을 인정하기 어려웠다.

혁명의 방관자로서 하루키는 다른 사람들과는 조금 달랐다. 그는 우연히 현장에 있었던 아웃사이더였다. 만약 조금만 일렀거나 늦었다면 설령 오에 겐자부로처럼 혁명의 와중에서 열렬히 그 학생들을 지지했더라도 어쨌든 학생 신분이 아니었을 테니 그런 현장감도, 혁명이 끝났을 때의 무기력한 기분도 느끼지 못했을 것이다.

하루키는 겐자부로보다 어렸지만 그보다 일찍 혁명의 실패를 꿰뚫어 보았다. 거기에서 그는 모든 이상과 열정을 느꼈고 혁명의 결과까지 직접 보고 심지어 감당했다. 현장의 아웃사이더인 동시에 혁명을 가까이 접한 방관자였기에 자기기만과 부인의 여지가 거의 없었다. 그는 혁명에 참여한 선배들과 친구들이 혁명의 와중에 어디에 가서 무엇을 했는지 똑똑히 보았다. 혁명 당시 그들은 그의 곁에 있었고 혁명 뒤에도 계속 있었기 때문에 그는 가까이에서 그들을 보고 느낄 수 있었다. 그래서 당연히 그들을 영웅으로 여길 수도, 그들이 한 일을 영웅사적으로 이해하고 기억할 수도 없었다.

자신과 그 혁명의 관계로 인해 하루키는 일본과 그 시대에 대해 강한 소외감을 마음속에 품게 되었다. 나는 독자들이 하루키의 책을 읽을 때마다 그것이 무슨 작품이든 꼭 이런 배경을 기억해 보기를 권한다. 하루키는 1979년 『바람의 노래를 들어라』부터 시작해 30년 넘게 작품 활동을 해 왔지만 그사이에 이 배경은 줄곧 그에게서 멀어진 적이 없다. 이 배경 위에 그는 자신의 소설들을 관통하는 몇 가지 주제를 수립했다.

하루키의 '우리 시대'

지난 30여 년간 하루키가 쓴 모든 소설에는 중요하고 핵심적인 세 가지 공통 요소가 있다. 그것들이 무엇인지 먼저 제시하고 이어서 설명해 보겠다.

첫째는 인간과 자유의 관계이다. 자유를 얻고 난 뒤 어떻게 자유를 운용할 것인지는 간단한 일이 아니다. 많은 경우, 공포스럽기까지 한 일이다.

둘째는 사람과 사람 사이의 소원함이다. 사람은 영원히 알 수 없고 규명할 수도 없는 세계에 살며 이 세계는 우리가 소원하고 권태로운 삶의 태도를 취하도록 강제한다.

셋째는 서로 다른 세계를 이중, 삼중으로 병치하고 콜라주하는 것이며 이런 수법으로 우리가 존재하는 현실 세계를 부각한다.

30여 년간 이 주제들은 놀랄 만한 연속성을 유지해 왔다. 하루키 소설의 주제가 줄곧 변하지 않았음을 증명하기 위해 나는 가장 기억이 희미하고 다른 사람들도 거의 읽지 않았을 듯한 그의 작품을 서가에서 찾아냈다. 1990년에 출간된 그 책은 하루키의 중기 작품에 속하는 『TV 피플』이다.

이 『TV 피플』은 앞쪽에 실린 단편 소설 세 편에 대해서만 간단히 논하기로 하자. 먼저 세 번째 작품부터 이야기해 보면 이 작품은 「우리 시대의 포크로어」라는, 소설 제목 같지 않은 이상한 제목을 갖고 있는 데다 부제는 또 '고도 자본주의 전사前史'이다. 소설은 초입부터 바로 "이것은 실화인 동시에 우화이기도 하다. 또 동시에 우리가 살았던 1960년대의 포크로어*이기도 하다."라고 말한다. 그리고 이어지는 그 실화 또는 우화 또는 포크로어의 첫 번째 문장은 "나는 1949년에 태어났고 1961년에 중학교에 들어갔으며 1976년에 대학에 들어가고 난 뒤, 그 좌충우돌의 소동 속에서 스무 살을 맞이했다."이다. 그런 시대와 경험은 하

* 민간 전설(옮긴이)

루키 자신과 거의 딱 들어맞아서 우리의 호기심을 자극한다. 이건 하루키의 자전적 이야기가 아닌가 싶다.

그런데 계속 이야기를 전개하기 전에 소설의 작가 또는 화자는 무슨 "우리 시대에는"이라고 하면서 복잡한 논의를 잔뜩 늘어놓는다. '우리 시대'는 1960년대 말이다. 그 시대에는 "망원경을 거꾸로 보고 있는 듯한 숙명적 답답함"이 있었고 "영웅과 악한, 도취와 환멸, 순교와 득도, 총론과 각론, 침묵과 웅변 그리고 지겨운 기다림" 등도 있었다고 말한다.

하지만 이런 것들이 1960년대에만 있었을까? 그렇지 않다. 이런 모든 것들은 '우리 시대'에 하나하나가 다 손만 뻗으면 닿을 수 있을 것 같은 형식으로 마치 서가에 잘 놓인 것처럼 존재했다.

그는 1960년대가 1988~1989년 같지 않았다고 말한다. 그때는 무엇이든 "영웅과 악한, 도취와 환멸, 순교와 득도……"가 다 분명해서 과대, 허위 광고가 붙어 있을 리도, 유용한 관련 정보나 할인 쿠폰을 증정할 리도 없었다. 그러나 1988~1989년이 되어 그가 이 글을 쓸 때는 세계가 복잡해졌고 산더미 같은 복잡한 사물들이 연이어 사람들을 압박해 왔다. '우리 시대'에는 그렇게 어마어마하게 많은 각종 매뉴얼이 없었다. 하지만 이제는 초급자 매뉴얼 다음에는 중급자 매뉴얼, 고급자 매뉴얼, 응용 매뉴얼이 있으며 거기에 또 어떻게 업그레이드를 하고 기종끼리 연결하는지에 관한 매뉴얼까지 추가된다.

'우리 시대'에는 그냥 손을 뻗어 자기가 원하는 것을 취해서 집으로 돌아가면 그만이었다. 마치 시장에서 병아리를 사듯 단순하기 그지없었다. 하지만 '우리 시대'는 그런 단순한 형식이 적용된 최후의 시대였다. 하루키는 이런 방식으로 자신이 성장한 1960년대 말을 그려 냈다.

두 모범생의 사랑

이어서 부제인 '고도 자본주의 전사'에 관해 살펴보기로 하자. 고도 자본주의가 발전하기 이전의 마지막 시기에 사람들은 아직 깔끔하고 단순하며 소박한 방식으로 살고 있었다. 비즈니스나 광고와 관련하여 일부러 우리 삶을 둘러싸고 복잡하게 떠들어 대는 것들이 그리 많지 않았다.

그런 시대에 한 남학생과 한 여학생이 있었다. 남학생은 화자의 고등학교 같은 반 친구로 성적도 좋고 운동도 잘하며 남에게 상냥한 데다 리더십까지 갖춘 우등생이었다. 더구나 노래도 잘하고 말까지 잘해서 토론 대회에 나가면 꼭 마지막 순서를 맡았으며 일상생활에서도 규칙을 엄수했다. 여기에 여자 복까지 있어서 여학생들은 모르는 수학 문제만 나오면 제일 먼저 그에게 가서 물어보려 했다.

이 남학생은 화자보다 "인기가 27배는 많았다". 이것은 전형적인 하루키식 표현이다. 26배나 39배가 아니라 27배이다. 이어서 화자는 말하길, 개인적으로 자기는 그런 사람을 안 좋아하고 마음도 잘 맞지 않는다고 한다. 그는 상대적으로 덜 완벽해도 더 현실감이 느껴지는 사람을 선호했다.

화자는 자기가 좋아하는 사람이 아닌데도 왜 그 남학생을 특별히 기억하고 있었을까? 그 남학생이 나중에 다른 반 여학생을 여자 친구로 사귀었기 때문이다. 그 여자 친구도 예쁘고 성적이 좋으며 운동을 잘했다. 리더십 역시 강했으며 토론 대회에서 늘 마지막 순서를 맡는 것까지 일치했다. 둘은 이렇게 똑같이 잘나고 우수한 사람이었다. 똑같은 두 사람이 커플이 되어 화자에게 남긴 가장 인상 깊은 기억은 그들이 같이 있을 때면 항상 끊임없이 이야기를 나눈 것이었다. 그는 어안이 벙벙했다. 재들은 어쩌면 저렇게 할 얘기가 많을까?

고등학교 졸업 후 오랜 세월이 흘러 화자는 이미 그

'우수한' 동급생을 잊었다. 그러다가 신기하게도 이탈리아 중부의 루카라는 작은 마을에서 두 사람은 다시 만난다. 그리고 같이 밥을 먹고 술을 마신 뒤 그 '우수한' 동급생은 고교 시절 그 여자 친구와의 일을 추억하기 시작했다.

두 사람은 누구보다 가까웠고 확실히 만날 때마다 끝없이 이야기를 나눴다. 하지만 어른들이 거의 종일 자리를 비우는 여자애의 집에서 두 사람이 늘 키스와 애무를 한 것을 사람들은 알지 못했다. 그런데 그저 손으로 애무만 하고 한 발자국도 더 나아가지 못했다. 남학생은 당연히 불만스러워 진짜 섹스를 하고 싶어 했지만 그의 여자 친구는 계속 거절하며 "어쩔 수 없어. 나는 결혼할 때까지 처녀로 있고 싶어."라고 말했다. 이것은 그녀에게 너무나 중요하고 꼭 지켜야 할 일이었다.

그들은 고등학교를 졸업하고 대학에 갔다. 남자는 도쿄에 가서 도쿄대 법학과를 다녔지만 여자는 고베에 남아 여대를 다녔다. 대학교 1학년 여름 방학에 남자는 고베로 돌아가 여자를 만나서 강력히 요구했다.

"나는 계속 도쿄에 혼자 있으면서 항상 네 생각을 했어. 나는 정말 너를 사랑해. 아무리 멀리 떨어져 있어도 이 감정은 변하지 않아. 하지만 계속 떨어져 있으면 많은 것이 매우 불안해져. 그래서 나는 우리 사이에 명확히 하나로 이어진 듯한 관계를 만들었으면 해."

이어서 그는 또 말했다.

"멀리 떨어져 있어도 우리가 하나로 이어져 있다는 확신이 있으면 좋겠어."

하지만 여자는 이번에도 거절했다.

"네게 내 처녀성을 바칠 수는 없어. 이건 이거고 그건 그거야. 내가 할 수 있는 일이라면 뭐든 하겠지만 그것만은 안 돼."

그러자 남자는 말했다.

"그러면 우리 결혼하자. 약혼을 하는 게 좋겠어. 내가 책임지지 않을까 봐 네가 두렵다면 말이야. 나는 책임질 수 있어. 이미 좋은 대학에 들어갔고 앞으로 좋은 회사나 정부 기관에도 들어갈 수 있어. 나는 뭐든 할 수 있다고."

나는 너와 잘 거지만 지금은 안 돼

하지만 여자는 또 거절하고 그에게 말했다.

"너는 몰라. 난 너랑은 다르다고. 나는 여자야."

말을 마치고 여자는 하염없이 울고 또 울었다. 울고 나서는 이상한 말을 했다.

"만약에, 만약에 말이야, 나는 너랑 헤어져도 영원히 너를 기억할 거야. 정말로 너를 좋아하고 너는 내가 처음으로 좋아한 사람인걸. 너랑 함께 있기만 해도 나는 너무 즐거웠어. 이것만은 알아주기를 바라. 하지만 그것과 이것은 별개야. 만약 네가 약속을 하라고 하면 하겠어. 난 너랑 잘 거야. 하지만 지금은 안 돼. 누군가와 결혼한 다음에 너랑 잘 거야. 거짓말이 아냐. 약속할게."

여러 해 뒤, 이탈리아의 작은 마을에서 이 사연을 돌아보면서 그 남자는 당시 여자가 무슨 생각으로 그런 말을 했는지 여전히 납득하지 못했다.

"솔직히 그때 나는 너무 놀라서 아무 말도 할 수 없었어."

그 남자는 이렇게 추억했다. 나중에 두 남녀는 계속 그렇게 멀리 떨어져 있다가 얼마 안 돼 헤어졌다. 그 여자와 헤어진 후 남자는 도쿄에서 새 여자 친구를 사귀었으며 곧장 그녀와 동거에 들어갔다. 그리고 대학을 졸업하자마자 직장에 들어가서 줄곧 정신없이 바빴는데, 졸업한 지 5년 만에 옛날 그 여자 친구가 결혼했다는 소식을 들었다.

여자가 결혼한 지 얼마 안 돼서, 그러니까 두 사람이 스물여덟 살 때 남자는 사업상 어려움에 빠져 있었다. 그러넌 어느 날 갑자기 걸려 온 여자의 전화를 받았고 그녀는 뜻밖에도 그의 사업과 생활을 훤히 꿰뚫고 있었다. 그녀는 어땠을까? 그녀보다 네 살 많은 남편은 방송국 피디였으며 둘 사이에는 아직 아이가 없었다. 남편이 아이도 못 만들 만큼 시간이 모자랐기 때문이다. 이어서 여자는 돌연 그에게 자기 집에 오지 않겠느냐고, 남편은 출장 중이라고 했다. 그는 즉각 여자가 무슨 말을 하고 있는지 이해했다. 그것은 과거에 여자가 그에게 약속해 준 것이었다. 그는 잠시 주저했다. 심지어 자기가 왜 주저하는지도 잘 몰랐다. 그러다 여자가 사는 곳으로 갔다.

우리는 당연히 여자의 집에서 무슨 일이 일어났는지 몹시 궁금하다. 하지만 그 얘기를 하기 전에 먼저 언급할 것이 있다. 그 남자는 훗날 이탈리아의 그 작은 마을에서 화자에게 이런 이야기를 한다.

"아주 오래전에 어떤 동화를 읽은 적이 있어. 줄거리는 다 잊어버렸는데 마지막 구절만 생각이 나. '모든 일이 끝난 뒤, 왕과 시종들은 다 배를 움켜쥐고 깔깔 웃었습니다'였지."

그는 말했다.

"줄거리는 도무지 생각이 안 나고 그 구절만 생각이

나."

여자 집에서 두 사람은 서로 포옹을 했지만 섹스는 하지 않았다.

"나는 그녀의 옷을 못 벗겼어. 옛날처럼 우리는 손으로 애무만 했지. 나는 그러는 게 제일 좋다고 생각했고 그녀도 똑같은 생각이었던 것 같아. 우리는 아무 말도 안 하고 오랫동안 그렇게 애무만 했어. 우리가 이해해야 했던 일은 오직 그렇게 해야만 서로 이해할 수 있는 종류의 것이었어. 하지만 모든 게 이미 끝난 일이었어. 그것은 이미 봉인되고 동결된 일이었지. 누구도 그 봉인을 뜯을 수는 없었어."

그는 계속 말했다.

"한 시간 정도 있다가 나는 그녀에게 안녕이라고 하고 집을 나왔어. 그녀도 안녕이라고 그랬고. 그래서 그게 마지막 안녕이 되었지. 나는 그것을 알았고 그녀도 그걸 알고 있었어."

그녀의 집에서 나온 뒤 그 남자는 거리에서 여자를 샀다. 그의 인생에서 처음 있는 일이었다.

틀에서 벗어난 뒤의 자유

하루키는 처음부터 이것이 '우리 시대의 포크로어'라고 말했다. 그렇다면 이 '포크로어'는 대체 우리에게 무슨 메시지를 전달해 주려는 걸까? 혹은 더 근본적인 문제를 따져보면 이것은 왜 포크로어라고 불리는 걸까? 그리고 이 포크로어와 '우리 시대' 사이의 관계는 또 무엇일까?

이것은 정말 흥미롭기 그지없다. 똑같은 생각, 똑같은 메시지가 하루키의 소설에서 반복적으로 나타나곤 한다. 그는 1960년대 말에 존재한 바 있는 거대한 해방과 거대한 빛 그리고 그 거대한 해방과 빛이 가져온 두려움에 줄곧 휩싸여 있었다. 그가 포크로어에서 묘사한 그 남자는 화자에게 "옛날부터 나는 스스로 따분한 인간이라고 생각했어. 아주 어렸을 적부터 고지식한 아이였지. 늘 주위에 보이지 않는 틀 같은 게 있는 듯했고 거기에서 벗어나지 않으려고 조심조심 살았어."라고 했다. 그 아이는 일본식의 대단히 조심스럽고 모범적인 아이였다. 그런 아이가 또 다른 일본식의 모범적인 여자아이와 마주쳤고 둘이 쌍둥이 남매처럼 역시 일본식의 삶을 산 것이다.

그런 일본적인 삶은 분명 하루키에게 깊은 인상을 남겼을 것이다. 앞에서 특별히 언급한 것처럼 하루키가 만약 처음 응시한 도쿄대 법대에 합격했다면 포크로어 속의 그 남자는 아마도 소설 속 화자보다 더 실제 하루키와 닮지 않았을까? 하루키는 사실 처음부터 그렇게 남달랐던 것은 아니며 처음부터 반역적이었던 것은 더더욱 아니었다.

이 소설은 '모범적인 일본 아이'가 맞닥뜨린 유혹, 즉 틀을 깨고 자유를 얻는 것에 대한 유혹을 그린다. 그 여자를 둘러싼 가장 큰 틀은 처녀인 자신의 몸이었다. 그녀는 그 틀을 깨지 못한 채 그것에 묶이고 제한당했다. 그녀가 알고 상상한 것은 오직 결혼을 해야만 처녀의 몸이라는 그 틀을 깨고 자신에게 자유를 부여할 수 있다는 사실이었다. 그 사회가 처녀에게 해방을 주고 처녀를 처녀가 아니게 만드는 방법은 오직 결혼밖에 없었으므로 그녀는 자유를, 사랑에의 헌신을 포함하는 자유를 모순적이게도 결혼을 해야만 비로소 얻을 수 있었다.

당연히 그녀는 결혼과 가정생활이 또 다른 틀이며 심지어 더 크고 단단한 틀이라는 것을 인식하지 못했다. 처녀의 몸을 해방해 준 결혼은 그녀를 또 다른 틀 안에 집어넣었을 뿐이다. 따라서 결혼은 자유의 원천일 리 없다. 자기가 좋아하고 사랑하는 사람과 결혼하더라도 역시 마찬가지다. 그러면 자유는 도대체 어디에 있단 말인가?

그녀는 결혼한 뒤에 남편 말고 과거의 애인과 "내가 처음으로 좋아했고 함께 있기만 해도 너무 즐거웠던" 그 사람과 섹스를 할 수는 있었다. 그녀가 스물여덟 살이 됐을 때 마침내 그 조건이 갖춰졌다. 하지만 소설은 자유가 주어졌다고 해서 본래 자유가 없을 때 갈망하던 것을 꼭 추구하지는 못한다고 이야기한다. 정말로 틀이 없어지고 더 이상 처녀의 몸에 얽매이지 않게 되었지만 그 상황은 본래 틀을 짊어지고 있을 때 상상했던 자유의 상황보다 훨씬 복잡했다. 자유가 부족할 때 자유를 상상하는 것은 상대적으로 단순하다. 지금 자신에게 무엇이 모자란지 잘 알기 때문이다. 돈이 없을 때 자기가 로또에 당첨되는 것을 상상하면 당연히 그 돈을 어떻게 쓸지 잘 아는 듯하다. 하지만 일단 수천만 위안이 갑자기 수중에 들어오면 돈이 없을 때보다 훨씬 더 복잡하고 곤란해질 것이다.

하루키는 그 혁명의 과정에서 매우 일찍, 아마도 너무 일찍 진정한 인생의 통찰을 얻었다. 그는 같은 세대의 젊은 학생들이 그 짧은 시간 동안 너무나 극적인 방식으로 자신들에게 씌워진 틀을 벗어던지는 것을 목격했다. 하지만 결과적으로 그들은 자신들이 본래 상상했던 방식에 따라 원하던 것을 자유롭게 추구하지는 못했다.

이것은 지극히 방대한 주제이다. 인간은 일단 자유를 얻고 나면 어떻게 그것에 반응할까? 어떻게 그 자유를 대할까? 이 '포크로어'는 있을 수 있는 한 가지 반응일 따름이다. 막상 자유를 얻고 나면 우리는 본래 우리가 바라던 것을 취할 수 없다는 것을 깨달을 것이다. 왜냐하면 우리가 더 이상 그것을 바라지 않게 되었기 때문이다. 자유로워지기 전후로 미묘한 변화가 생겼고 더 이상 처녀의 서사가 자신과 여자 사이에 끼어 방해를 하지 않는데도 남자는 갑자기 키스와 애무로 얻을 수 있는 것이 자기가 그렇게 갈망했던 '완전한 결합'보다 외려 더 중요하다는 것을 깨달았다. 키스와 애무 속에는 두 사람에게 친숙한, 그 무엇으로도 대체할 수 없는 진실한 추억이 간직되어 있었다.

이처럼 하루키의 소설은 인간이 틀과 구속에서 벗어나고 나면 무엇을 할 것인지를 끊임없이 묻는다.

시를 읽는 듯한 혼잣말

『TV 피플』의 두 번째 소설도 제목이 희한하다. 제목은 「비행기」인데 부제는 '혹은 그는 어떻게 시를 읽듯 혼잣말을 했는가'이다.

소설의 화자는 처음부터 분명하게 자기는 스무 살이

고 어떤 스물일곱 살 먹은 여자와 만났다고 이야기한다. 스물일곱 살의 그 여자는 전철이 옆을 지나다니는 집에 살았고 기혼이었으며 아이도 있었다. 스무 살의 남자는 스물일곱 살 여자의 불륜남이 되었으며 항상 그녀의 집에 가서 섹스를 한다. 그러나 스무 살 남자에게 스물일곱 살 여자는 달의 반대쪽 면 같은 존재였다. 달은 지구 주위를 도는데 한쪽 면은 영원히 지구를 향해 있고 반대쪽 면은 영원히 지구를 등지고 있어서 지구에서는 그 다른 쪽 면을 볼 수 없다. 여자는 그에게 달의 반대쪽 면 같은 존재였다.

스무 살 남자가 자기 집에 올 때마다 그 여자는 매번 울곤 했다. 하지만 그는 그녀가 왜 우는지 몰랐다. 그녀는 여러 번 그에게 얘기했다. 자신의 결혼 생활은 괜찮으며 문제가 없다고. 남자는 당연히 미심쩍었다. 결혼 생활에 문제가 없다면 나랑 왜 자는 걸까? 하지만 그는 묻지 않았다. 여자는 매번 꼭 울었고 다 울고 나면 두 사람은 섹스를 했다. 섹스할 때 여자는 습관적으로 침대맡의 시계를 보곤 했다. 아이가 유치원에서 돌아올 때가 안 됐는지 확인해야 했기 때문이다.

여자의 남편은 여행사에서 일했고 오페라를 좋아했다. 남자는 그 사람과 마주친 적이 없었다. 어느 날 그는 평소처럼 그녀 집에 갔고 평소처럼 그녀는 울었으며 또 평소처럼 두 사람은 섹스를 했다. 섹스를 마친 후 남자가 샤워를 하고 욕실에서 나오는데 여자가 불쑥 "당신, 예전부터 혼잣말하는 버릇이 있었어?"라고 물었다. 그는 깜짝 놀라 자기가 섹스할 때 혼잣말을 하느냐고 되물었다. 여자는 아니라면서, 그가 보통 때 혼잣말을 할 뿐이라고 했다.

남자는 자신에게 그런 버릇이 있는지 까맣게 몰랐다. 그때 여자가 옛날 일을 이야기했다.

"어렸을 때 나도 혼잣말을 했는데 엄마가 그러지 말라고 벌을 주었어. 벽장에 갇히기도 했지. 벽장 속은 너무 어두웠어. 그래서 나는 그 후로 무슨 할 말이 떠오르면 꿀꺽 삼키고 입을 다무는 버릇이 생겼어."

남자는 그녀에게 묻지 않을 수 없었다.

"그런데 내가 뭐라고 혼잣말을 해?"

여자가 대답했다.

"당신은 마치 시를 읽듯이 혼잣말을 해."

이 말을 하고서 여자는 얼굴을 붉혔다. 남자는 조금 이상했다. 내가 시를 읽듯이 혼잣말을 한다면서 왜 자기가 미안해하는 걸까?

여자는 종이를 꺼내 자기가 들은 그의 혼잣말을 적었

다. 남자가 샤워를 하며 했다는 혼잣말의 내용은 이랬다.

비행기

비행기가 나네

난, 비행기에 있지

비행기

비행기가 나네

하지만, 날긴 해도

비행기가

하늘에 있나

말 속에 일종의 최면제 같은 독특한 분위기가 있다. 이어서 그녀는 탁, 하고 볼펜을 테이블 위에 놓고는 눈을 들어 조용히 그를 바라보았다. 두 사람은 한동안 말이 없었고 그런 침묵 속에서 시간이 흘렀으며 전철이 선로 위를 지나갔다. 그와 여자는 똑같이 비행기에 관해 생각했다. 그는 마음속 깊은 곳에서 비행기를 만들고 있었다. 그 비행기는 얼마나 크고 어떤 모양일까? 얼마 안 있어 여자가 또 울었다. 그녀가 하루에 두 번 우는 것은 처음 있는 일이었고 그 후에도 그런 일은 없었다.

묘함에 대한 고도의 포용

하루키를 읽어 본 사람은 즉각 이것이 전형적인 하루키식 소설과 서술임을 알아볼 것이다. 그러면 무엇이 전형적이라는 걸까? 하루키의 소설 속에는 어떤 묘함이 있다. 사람과 사람의 상호 관계를 묘사할 때 특히 더 그렇다. 이른바 묘함이란 안에 설명되지 않고 나아가 규명되지 않은 것이 많다는 것을 의미한다. 이것은 우리가 보통 읽었던 소설과는 사뭇 다르다.

예를 들어 스무 살의 남자는 스물일곱 살의 여자가 '달의 반대쪽 면 같은 존재'라고 말하는데, 이는 그가 묻지 않고 탐구하지 않는 주된 이유다. 그 여자는 그의 삶에서 유한한 존재이므로 궁금해하지 않는 것이다. 하루키 소설의 인물은 항상 이해가 안 될 정도로 궁금해하는 게 없다.

『양을 쫓는 모험』처럼 추적하고 탐구해야 할 것 같아 보이는 소설조차 한참을 찾고 모험을 한 결과를 보면 역시 명확하고 옳은 답이 하나도 없다. 도대체 그 양 사나이가 양인지 남자인지도 잘 모르겠는데 어떻게 옳은 답이 있을 수 있겠는가? 우리가 본래 기대했던 설명은 작가 자신도 갖고 있을 리 없다. 하루키 소설의 인물이 바라보는 세상은 일반적이고 상식적인 기준으로 가늠하면 매우 신기하다. 거기에서는 규명되지 않은 미스터리가 이리저리 둥둥 떠다니는 것이 용인된다.

스물일곱 살의 여자는 자기의 결혼 생활이 문제가 없으며 여행사에서 일하는 남편도 문제가 없다고 말하면서도 계속 스무 살의 남자와 섹스를 한다. 섹스를 하고 나서는 시계를 보고 시간이 다 됐는지 확인한다. 여기에는 설명되어야 할 것 또는 진지하게 상상해야 할 것이 무척 많다. 예를 들어 그녀는 자신의 결혼을 도대체 어떻게 생각하고 있을까? 섹스를 하고 나서 시계를 볼 때 그녀는 양심의 가책을 느낄까? 스무 살의 남자는 그녀가 시계를 보는 것이 아무렇지도 않을까? 하지만 하루키의 서술에서 그런 것들은 모두 규명하지 않아도 되는 문제인 것처럼 대수롭지 않게 그려진다.

하루키의 인물이 갖고 있는 가장 특별한 능력은 바로 묘함을 용인하고 묘한 현상을 그대로 받아들여 놀라지도 캐묻지도 않는 것이다. 묘한 현상을 용인하는 것은 특별한 효과를 낳는다. 그 인물들은 모두 스스로 택한 일종의 소원함을 가지고 있다. 그 남자는 그 여자를 이해해 보려 하지 않는 쪽을 스스로 택하는데 이것은 매우 특별한 일이다. 우리는 한편으로 그 스무 살 남자가 스물일곱 살이면서 자신과 섹스를 하는 여자에 대해 호기심이 부족한 것을 보며, 다른 한편으로는 금세 답 또는 답의 암시를 찾는다. 그 남자는 왜 그런 묘함을 용인할 수 있는 걸까? 답은 간단하다. 그는 자신에 대해서도 별로 잘 알지 못해서 스스로가 묘함 그 자체이기 때문이다. 자기가 혼잣말을 한다는 것도, 그것도 시 같은 언어로 그런다는 것도 몰랐다니 너무 이상하지 않은가. 이처럼 자기 자신도 이해하지 못하는 상황에서 어떻게, 그리고 왜 남과 주변 세상을 궁금해하겠는가. 하루키 소설에는 이런 인물이 상당히 많다.

다른 소설을 또 예로 들어 보자. 어떤 사람이 퇴근해서 집에 돌아왔는데 거대한 개구리 한 마리가 자기 집 거실에 앉아 있는 것을 보고 "내 집에는 무슨 일로 온 거죠?"라고 묻는다. 그러자 개구리는 "나와 함께 도쿄 시민 전체를 구하러 갑시다."라고 답한다. 그 사람은 놀라지 않는다. 조금 곤란해하기는 해도 아주 의외라는 느낌은 없다. 하루키가 창조한 인물에게는 어떤 일도 의외가 아니다.

상식적으로 보면 우리는 그렇게 각종 묘한 현상을 다 용인할 수 있는 인물을 당연히 믿을 수도, 심지어 참아 줄 수도 없다. 사실 얼마나 둔감한 인간인가. 집에 돌아와 거대한 개구리가 거실에 앉아 있는 것을 보고 놀라지도, 펄

쩍 뛰지도, 문을 박차고 도망치지도 않는다니! 하지만 하루키의 놀라운 능력 또는 그가 줄곧 노력해 온 일은 그런 둔감함을 사랑스러움으로, 또 설득력 있는 것으로 바꾸는 것이다. 우리가 그들이 싫지 않은 것은 하루키의 언어와 묘사를 통해 그들이 우리보다 더 강한 신경을 갖고 있고 이 세상의 각종 가능성에 대해서도 우리보다 더 큰 포용력을 갖고 있어서 너무 많은 일에 놀랄 리도, 달의 반대쪽 면이 어떤지 탐구할 리도 없다고 느끼기 때문이다.

이렇게 종잡을 수 없는 일과 묘함과 묘함에 대한 고도의 포용 속에서 특수한 시학이 생겨났다. 이것이 우리가 하루키의 수많은 소설에서 발견하는 두 번째 공통 주제, 사람과 사람 사이의 소원함과 묘함 그리고 묘함 속에 엿보이는 삶의 어떤 정감이다.

갑자기 나타난 TV 피플

단편집 『TV 피플』의 첫 번째 작품은 「TV 피플」이다. 일요일 저녁나절에 한 남자가 자기 집에 앉아 있었다. 잠시 후 갑자기 세 명의 'TV 피플'이 그 집에 들어온다. 그는 그다지 놀라지 않는다. 그래서 경찰에 신고도 안 할뿐더러 무슨 일로 왔느냐고 묻지도 않는다.

그는 무척 냉정하게 TV 피플의 용모를 우리에게 열심히 설명한다. TV 피플은 보통 사람보다 왜소한데 마치 보통 사람을 70퍼센트 비율로 축소해 놓은 것 같다. 하지만 어린아이나 난쟁이 같지는 않다. 어린아이나 난쟁이는 어른의 신체 비율과는 조금 다르기 때문이다. TV 피플은 완전히 비율에 따라 기계적으로 축소된 느낌이다. 그런데 왜 TV 피플이라고 부르는 걸까? 그들이 텔레비전을 메고 그의 집에 들어왔기 때문이다. 먼저 그의 집을 난장판으로 만들어 자리를 확보한 뒤 텔레비전을 놓고 플러그를 꽂는다.

그 과정에서 이 남자는 계속 그들을 지켜보지만 그냥 속으로 투덜거릴 뿐이다.

'맙소사, 아내의 잡지를 아무렇게나 흐트러트리다니. 그러면 안 되는데. 아내는 나도 잡지에 손을 못 대게 한단 말이야. 큰일이로군. 아내가 돌아오면 틀림없이 한바탕 소동이 벌어질 거야. 그녀는 나를 욕할 거야. 일요일에 외출 좀 하고 들어왔더니 집 안을 이 꼴로 만들어 놨다고 말이야. 게다가 집에 있지도 않던 텔레비전이 어디서 갑자기 나타났느냐고도 묻겠지.'

그런데 얼마 후 돌아온 그의 아내는 그가 걱정했던 것

과는 달리 욕을 하지 않는다. 집이 변한 것도 텔레비전이 생긴 것도 전혀 눈치 못 챈 듯했다.

이튿날 그는 전자 제품 회사에 출근해 회의에 참석한다. 그런데 갑자기 그 세 명의 TV 피플이 또 나타났다. 또 한 대의 소니 텔레비전(그의 회사와 경쟁하는 브랜드였다)을 당당히 들고 사무실로 들어와서 두고 갈 곳을 찾았다. 그는 그들이 어째서 이러는 것인지 어이가 없었고 참을 수가 없어서 자리에서 일어나 화장실에 갔다. 그런데 마침 다른 동료 한 명이 그와 나란히 서서 용변을 보았다. 손을 씻다가 그는 넌지시 텔레비전을 갖고 온 그 사람들에 대해 언급하지만 뜻밖에 동료는 묵묵히 수도꼭지를 잠그고는 홀더에서 종이 타월 두 장을 꺼내 손을 닦고 그것을 뭉쳐서 휴지통에 버린다. 그사이 그에게는 눈길조차 주지 않는다. 그는 동료가 자기가 한 말을 들었는지 못 들었는지 알 수가 없었지만 다시 묻기에는 분위기가 적절치 않은 듯했다.

다시 집에 돌아와서 그는 텔레비전을 켰지만 아무 화면도 나오지 않았다. 그리고 시간이 늦었는데도 아내가 돌아오지 않았으며 전화 응답기에 남겨진 메시지도 없었다. 보통 6시를 넘겨 집에 들어올 것 같으면 아내는 꼭 전화를 하곤 했다. 아내가 사라진 것이다. 하염없이 그녀를 기다리다가 그는 깜박 잠이 들었고 비몽사몽간에 텔레비전에 TV 피플이 나타나 밖으로 기어 나오는 것을 보았다. 그 TV 피플은 그에게 "우리는 비행기를 만들고 있어."라고 말한다. 텔레비전에 다른 두 명의 TV 피플이 이상한 기계를 만지작거리는 장면이 비쳤다. 이때 거실의 TV 피플이 돌연 그에게 말을 건다.

"당신 부인은 안 돌아올 거야."

그는 깜짝 놀랐다. TV 피플이 무슨 말을 하는지 이해가 안 됐다. TV 피플은 똑같은 말투로 말했다.

"당신 부인은 안 돌아온다니까."

"왜지?"

그가 물었다.

"둘 사이가 이미 끝났으니까."

서로 다른 세계의 교차와 병존

이 소설은 하루키 소설의 또 다른 특색을 보여 준다. 그것은 하나의 공간, 한 사람의 삶 안에 한 가지 이상의 서로 다른 세계가 존재하는 것이다. 서로 다른 세계의 교차와 병존으로 사람과 사람 사이의 소원함을 비추거나 대칭시키곤 한다. TV 피플이 집에 들어왔을 때 그의 머릿속에 떠오른 것은 사실 죄다 자신과 아내의 생활상의 차이였다. 그 차이는 진작부터 존재했지만 TV 피플의 난입으로 인해 불거지거나 비춰져 더는 숨길 수 없게 되었다.

기괴한 TV 피플은 본래 이 세계에는 없는 존재로서 다른 세계에서 침입해 왔다. 다른 세계의 교차와 침입을 통해 우리가 이 세계를 똑똑히 이해할 수 있게 유도한 것이다. 하루키의 소설에는 항상 이렇게 서로 다른 세계가 병존하는 상황이 연출되어 등장인물이 그 세계들 사이를 넘나들곤 한다.

하루키의 인물들은 무심한 방식으로 다른 세계에 반응한다. 결코 호들갑을 떨며 '와, 이런 이상한 곳에 내가 어떻게 왔을까! 다들 이 해괴한 일을 봤나요?'라고 할 리 없다. 다른 세계는 갑작스레 다가와서 미리 대비할 방도가 없다. 그리고 그 세계와 기존 세계의 병치와 콜라주가 형성되면서 우리가 본래 당연시해 온 기존의 유일한 세계에 대하여 다른 인지, 다른 이해가 생겨난다.

하루키는 한결같고 고집스럽다. 그는 예순이 넘어서도 계속 마라톤을 하고 있다. 그리고 30여 년간 그렇게나 많은 소설을 썼지만 손 가는 대로 『TV 피플』을 펴서 맨 앞의 소설 세 편만 읽었는데도 그의 모든 소설의 공통된 세 가지 핵심 요소를 정리해 낼 수 있었다. 잠깐 복습해 보면 그중 첫째는 인간과 자유의 관계이다. 자유를 얻고 나서 그 자유를 어떻게 쓸 것인지는 단순한 일이 아니며 많은 경우 공포스러운 일이기까지 하다.

둘째는 사람과 사람 사이의 소원함이다. 사람은 영원히 알 수 없고 규명할 수도 없는 모호한 세계에 살며 이 세계는 우리가 소원하고 권태로운 삶의 태도를 취하도록 강제한다.

셋째는 서로 다른 세계를 이중, 삼중으로 병치하고 콜라주하는 것이며 이런 수법으로 우리가 존재하는 현실 세계를 부각한다.

이 세 가지 핵심 요소를 중심으로 하루키는 30여 년에 걸쳐 자신의 소설 체계를 구축했다. 누구든 이 세 가지 요소에 따라 하루키의 소설을 훑어보고 분류해 본다면 틀림없이 80~90퍼센트가 해당함을 발견할 것이다. 어떤 소설은 첫 번째와 두 번째에, 어떤 소설은 첫 번째와 세 번째에, 어떤 소설은 두 번째, 어떤 소설은 세 번째에 해당하는 식이다. 기본적으로 그는 분명한 중심을 유지하며 계속 소설을 써 왔다. 더 흥미롭고 중요한 것은 이 세 가지 핵심 요소를 바탕으로 하루키의 소설과 다른 일본 현대 소설을 비교해 보면 정말로 큰 차이가 존재한다는 사실이다.

일본 소설 전통의 모노노아와레

하루키 소설 안에 존재하는 텍스트적 증거에 근거하여 나는 마흔 살 이전까지 일본 문학을 읽은 적이 없다는 그의 말을 전적으로 신뢰한다. 그의 소설은 확실히 일본의 문학 전통과 비교해 취지가 크게 다르다. 일본 문학은 헤이안 시대부터 현대의 가와바타 야스나리까지 그 안에 일관된 관심을 보여 왔는데 하루키의 작품 속에는 그것이 없다.

일본에서 소설을 가리키던 전통적인 호칭은 '모노가타리'物語이다. 『겐지모노가타리』*, 『타케토리모노가타리』**의 그 모노가타리이다. 그리고 이 모노가타리라는 명칭

* 11세기 초 무라사키 시키부가 쓴 장편소설. 겐지 왕자의 일생을 그린 작품으로, 독특한 귀족 사회의 모습을 잘 그려낸다.

** 10세기쯤에 성립된 현존하는 최고의 이야기소설문학. 어느 날 나무꾼 노인이 대나무 안에서 예쁜 여자아이를 발견해 데려다 키운

과 밀접한 관련이 있는 것으로 '모노노아와레'物哀라는 개념이 있다.

모노노아와레는 매우 복잡한 개념으로 헤이안 시대 문학의 기초를 이룬다. 모노노아와레는 몇 가지 서로 다른 층위의 의미를 가리킨다. 첫째는 만물에 각각의 슬픔이 존재한다는 것이다. 만물에 필연적으로 슬픔이 존재하는 것은 시간 때문이다. 시간의 세례 속에서 조금도 변하지 않는 사물은 없다. 하지만 그렇다고 만물에 즐거움이 없지는 않다. 헤이안 시대 사람들에게 만물은 끊임없이 노화하고 쇠퇴하는 것이었으며 그래서 즐거움은 짧고 슬픔은 필연적인 동시에 장구했다. 이것이 첫 번째 층위의 의미이다.

두 번째 층위의 의미는, 가장 순수하고 아름다운 감정은 슬픔에서 비롯된다는 것이다. 가와바타 야스나리에게는 『아름다움과 슬픔』이라는 소설이 있다. 헤이안 시대부터 가와바타 야스나리에 이르는 일본 문학에서 슬픔과 아름다움은 동일한 것이었다. 슬픔 속에서만 아름다움이 펼쳐졌다. 도널드 킨*은 언젠가 그리스 비극의 카타르시스 개념으로 모노노아와레의 이 의미를 설명한 바 있다.

왜 비극의 지위가 희극보다 높은 것일까? 희극은 현실적이어서 우리는 희극에서 현실의 몇 가지 혼란밖에 얻

다. 아이는 아름답게 성장해 5명의 남자에게서 구혼을 받지만 불가능한 과제를 내며 거절하고 달세계로 돌아간다.

* 미국 컬럼비아대학교 교수이자 일본 문학 전문가이다.

을 수 없기 때문이다. 하지만 비극은, 특히나 그리스 비극은 이미 알고 있는, 자신보다 더 강한 운명을 마주해도 우리가 그것에 저항해야 한다고 말해 준다. 그런 문학적인 작용이 모노노아와레에서도 유사하게 나타난다. 언제 우리는 아름다움을 느낄까? 언제 우리는 속되고 유한한 삶을 초월해 아름다움의 경계로 들어갈 수 있나? 그것은 바로 우리가 슬픔에 잠겨 있을 때이다. 슬픔은 우리가 자신의 한계를 깨닫게 해 주며 또 우리와 외부 세계의 깊은 관계를 이해하게 해 준다. 그래서 가장 순수한 감정은 슬픔에서 비롯된다. 오직 슬픔을 묘사하고 포착할 수 있어야만 우리는 비로소 인간 세상의 아름다움을 이해할 수 있다.

모노노아와레의 세 번째 층위의 의미는 우리가 만물이 표현하지 못하는 슬픔을 받아들일 수 있다는 것이다. 다시 말해 세상의 모든 사물에는 각각 감정이 깃들어 있는데 오직 인간만이 그것에 공감하고 또 그것을 동정하는 능력이 있어서 인간과 주변의 모든 사물 사이에는 절대적인 거리와 구별이 없다는 것이다.

인간은 언제 사물과 동일하다고 느끼는가? 인간은 언제 대자연, 만사, 만물, 만상과 가장 가까워지는가? 낭만주의의 전통 안에 있는 사람들은 아마도 고요하고 평온할 때 그럴 것이다. 그러나 헤이안 시대 일본인은 슬픔을 보고 슬픔을 느낄 때 그랬다. 구체적으로 말하면 시간을 상징하는 강물이 끝없이 흘러가는 것을 보았을 때, 가고 나면 다시 돌아오지 않는 감정과 현상을 느꼈을 때 대자연, 만사, 만물, 만상을 가장 가깝게 느꼈다. 그리고 그 강물 속에서 씻겨져 나가는 돌멩이들을 불쌍히 여겼으며 바로 그 순간 돌멩이들과의 관계가 성립되었다. 이것이 바로 모노노아와레의 또 다른 의미이다.

가와바타 야스나리와 미시마 유키오

가와바타 야스나리는 모노노아와레를 가장 잘 포착하는 작가였다. 그는 일찍이 어떤 에세이에서 시골의 한 젊은 교사와 나눈 대화를 기록했다. 젊은 교사는 아이들을 데리고 그림을 그리러 가서는 아이들에게 마음대로 그리고 싶은 것을 그리라고 했다. 그 결과 34명의 아이 중 21명이 후지산을 그렸는데, 이색적이게도 나머지 13명은 제비를 그렸다. 가와바타 야스나리가 "제비를 그렸다고요?" 하고 묻자, 젊은 교사는 "네, 제비요. 예상 밖이었죠. 제비가 거기 있는지도 몰랐거든요."라고 답했다. 이에 가와바타 야스나리는 "아, 온천의 제비에 관한 이야기를 하나 알고 있어요."라고 말하며 전후 문맥과 무관하게 아주 짧은 이야기를 해 주기 시작했다.

"내 친구의 애인이 나중에 유명한 영화 배우가 됐습니다. 그가 학생 때부터 사귄 애인이었지요. 갈수록 유명해지면서 그 여성은 본래의 남자 친구, 그러니까 제 친구와 조금 거리를 두려고 했습니다. 그런데 그녀가 출연한 첫 번째 영화가 상영될 때 두 사람은 함께 관람을 하러 갔습니다. 영화 속에서 그녀는 산에 사는 소녀처럼 청순하게 입고 홀로 언덕을 내려오고 있었죠. 그때 화면 속에서 제비 한 마리가 스크린 한 귀퉁이를 스쳐 날아갔습니다. '아, 제비네!'라고 그 여성은 자기도 모르게 소리를 지르고 나서 남자 친구와 서로 마주 보았습니다. 그 영화를 찍을 때 아마도 감독과 촬영 기사는 모두 제비가 화면에 날아든 것을 몰랐던 것 같습니다. 그 여성은 더더욱 그런 사정을 까맣게 몰랐고요. 영화가 끝났을 때 그녀는 몇 번이고 되풀이해 남자에게 말했습니다. "제비예요, 제비."라고 말이죠. 그 제비는 이미 그녀의 마음 깊은 곳으로 날아들어 온 겁니다. 그녀는 말을 마친 뒤 힘없이 남자의 품에 안겨 조용히 흐느꼈습니다. 나중에 제 친구가 말해 주더군요. 화면 속의 장소가 바로 온천의 언덕이었다고 말이죠."

이 이야기는 무척 짧다. 그런데 그 여성은 왜 울었을까? 그녀는 무엇을 느꼈던 걸까? 그녀는 남자 친구 곁을 떠나려는 자신의 비애를 제비에게 투사한 것이다. 그런데 여기에는 문학에서의 그런 엄밀하고 탄탄한 상징과 비유는 전혀 없으며 이것이 바로 모노노아와레이다.

모노노아와레는 시간의 불가역성에서 비롯되지만 인간에게 시간은 추억과 감동의 대상이다. 심오하면서도 강력한 시간의 힘 앞에서 인간은 필연적으로 갖가지 감동을 경험한다. 그래서 『겐지모노가타리』부터 시작해 다니자키 준이치로, 가와바타 야스나리, 미시마 유키오에 이르기까지 일본 문학은 쉽사리 시간의 주제를 포기한 적이 없다. 신감각파였던 다니자키 준이치로의 가장 빼어난 작품들은 모두 인간이 어떻게 치열하고 극적인 수단으로 시간에 저항하는지 이야기한다. 이 전통은 다니자키 준이치로에서 가와바타 야스나리의 『산소리』와 『잠자는 미녀』로 이어졌고 이 작품들은 모두 시간과 상대하는 일본식 처연미의 표현이었다. 그리고 미시마 유키오가 장년의 나이에 스스로 목숨을 끊은 것은 바로 그때 자신의 생명이 가장 아름다웠기 때문이다.

나는 많은 이들이 일본의 벚꽃의 철학을 알 것이라고

생각한다. 벚꽃은 활짝 피어 나서는 시들지 않고 꽃이 가장 풍성한 4월 말에 눈이 날리듯 나무에서 떨어진다. 바람이 불어 무성한 꽃잎이 눈송이처럼 유유히 떨어져 내리면 그 아름다움이 나무 위에서 피는 것에 못지않다. 이것이 처연미이며 심지어 극적인 장엄미이기도 하다. 죽음은 끝이기에 웅장하고 아름답다. 미시마 유키오도 이런 전통 아래에 있었기에 늙어 가는 것과 늙어서 추악한 모습이 되는 것을 스스로 거부한 것이다.

다른 한편으로 만약 청춘의 나이가 이미 지나갔고 청춘이 다시 돌아오지 않는다면 갖가지 방법으로 청춘의 아름다움을 확보해 균형과 보상을 시도할 수도 있다. 자신의 늙고 쇠약해진 육체를 보완해 시간의 고통을 무마하는 것이다. 이것은 일본 문학의 모노가타리에서 가장 돋보이는 부분으로 각양각색의 무궁무진한 변형이 존재한다.

하루키 작품의 공통된 특징

가장 이상한 일은 하루키와 그의 소설에 그런 모노노아와레가 없다는 것이다. 그래서 하루키가 예순을 훌쩍 넘겼다는 것이 나는 믿어지지 않는다. 그가 아직 마라톤을 해서도, 용모가 실제 나이보다 훨씬 젊어 보여서도 아니다. 주로 그의 작품이 나이도 시대도 부재하는 어떤 특수한 영원성을 전달하기 때문이다. 본래 시간성에 극히 민감한 문화와 나라에서 눈에 확 띄는 괴짜가 나타났고 이 괴짜의 작품 속에는 시간의 흐름도, 시간의 흐름이 야기하는 슬픔과 고통의 몸부림도 없다.

하루키의 소설에는 또 다른 종류의 몸부림이 있긴 하다. 하지만 이 시간이라는 주제와는 밀접한 관련이 없다. 그리고 하루키 소설을 읽을 때 좋은 점 중 하나는 나이가 의식되지 않는다는 것이다.

옛날에 『노르웨이의 숲』을 읽었던 느낌을 떠올려 보겠다. 누구든 그 책에 묘사된 대학 생활과 남녀 간의 로맨스를 보고 나면 '『노르웨이의 숲』을 쓸 때 하루키의 나이가 거의 마흔 살이었다고? 그럴 리가 있나.' 하는 생각이 들 것이다. 문장 전개와 서술에서 아주 약간의 숨길 수 없는 감회도, 다시 말해 마흔 살의 현재에서 스무 살의 청춘을 돌아볼 때 생기는 감회도 느껴지지 않는다.

『해변의 카프카』를 비롯한 하루키의 소설은 모두 강한 '공시성'의 특징을 갖고 있다. 모든 일이 하나의 똑같은 시간 면 위에서 일어나며 '통시성'이 시간을 지체하는 일이 거의 없다. 통시성은 필연적으로 모노노아와레를 일으키고 또 필연적으로 시간의 흐름에 따른 변화를 낳게 마련이다. 『해변의 카프카』에서는 소설이 제2차 대전 때 일어난 사건과 관련이 있기는 하지만 그 오래된 사건은 시간의 형식으로 존재하지 않는다. 그것은 과거에 일어나기는 했어도 현재의 시간과 중첩된 또 다른 세계로 소설 속에 나타난다.

하루키는 어떻게 소설 속에서 영원히 나이 들지 않는 강력한 공시성을 만들어 내는 걸까? 그중 한 가지 수법은 서로 다른 시대에 발생한 일들을 다중 교차 하는 틀 속에 집어넣는 것이다. 과거, 현재, 심지어 미래의 시간 순서대로 발생한 일들을 한데 뒤섞어 버린다. 그 결과 과거가 또 다른 세계의 존재 형식으로 현실 속에서 떠오르거나 현실 위에 겹쳐진다.

이런 시간의 접합과 병치에는 '포스트모더니즘'의 의미가 깃들어 있다. 포스트모더니즘이 갖는 어떤 가치의 근원은, 있어야 하고 있을 법하다고 믿어지는 일은 과거에 다 일어났으며 지금에 와서 더 발전이 있을 리가 없다고 믿는 데 있다. 따라서 우리가 할 수 있고 해야만 하는 일은 새로운 것을 억지로 계속 발전시키는 것이 아니라, 과거에 나타난 바 있는 다양한 스타일들을 색다른 방식으로 병치하고, 연결하고, 콜라주하는 것이다. 이 정의를 바탕으로 보면 하루키는 매우 전형적인 포스트모더니즘 작가이다. 그는 특수한 공시적 콜라주 방식을 발명하고 그것을 능숙하게 활용함으로써 본래는 강력하기 그지없는 시간 감각을 제거했다.

수많은 이국적 기호들

중요한 수법이 한 가지 더 있다. 일본의 기존 문학 전통은 짙은 모노노아와레를 띠는데 그 기초는 당연히 '모노'物, 즉 사물이다. 생명이 있는 것이든 없는 것이든 사물은 모두 시간이 감에 따라 늙고, 마모되고, 사라진다. 하루키가 시간을 사라지게 하여 사람들이 사물과 시간의 슬픈 관계를 느끼지 못하게 할 수 있었던 것은 절대다수의 소설에서 다른 사물로 세계 속 사물을 대치했기 때문이며 그 세계 속 사물은 필연적으로 한껏 시간의 고통을 겪고 머금은 것이었다. 또 그가 대치에 사용한 사물은 '기호'이다. 하루키의 소설 속에는 수많은 기호가 있으며 그중에는 극히 이국적인 스타일의 기호도 있다. 전에 읽은 하루키 소설의 주인공과 관련하여 그가 어떻게 생겼는지, 그가 어떤 생활을 했는지 돌아보면 우리 머릿속에 가장 먼저 떠오르는 것은 거의 각종 기호들이다.

하루키의 팬이라면 틀림없이 다음과 같은 질문에 쉽게 답할 수 있을 것이다. 하루키의 주인공은 아침에 무엇을 먹을까? 그가 평소에 가장 즐겨 마시는 것은 무엇인가? 그는 무슨 음악을 듣는가? 그는 무엇을 입고 무슨 운동을 하는가? 어느 소설에서든, 주인공의 이름이 무엇이든 우리는 그가 냉동실에서 얼음을 꺼내 잔에 넣은 뒤 위스키를 따르는 장면을 기억할 것이다. 재즈를 좋아해서 듀크 엘링턴*, 소니 롤린스**, 스탠 게츠***를 듣고 랄프 로렌의 폴로를 입는다. 그리고 아침에는 샌드위치를 만들어 먹는다. 흰밥에 된장국을 먹는 일은 절대로 없다. 점심에도 물을 끓여 파스타를 삶지, '아, 꽁치나 한 마리 구울까?'라고 말할 리 없다.

하루키의 소설에는 다양한 생활의 기호가 가득하다. 그 기호들은 어떤 기능을 할까? 바로 주인공의 이국성異國性을 표시해 준다. 그는 여느 일본인이 아니다. 하루키가 그려 낸 그 인물들은 일본 사회에서 살기는 하지만 일종의 '이단'으로서 외계인에 가까운 방식으로 존재한다. 구체적

---

* Duke Ellington(1899~1974). 본명은 에드워드 케네디 엘링턴으로 미국의 작곡가, 피아니스트, 재즈 악단 리더로서 재즈에 지대한 영향을 끼쳤다.

** Sonny Rollins(1930~). 대표적인 재즈 색소폰 연주자로 또 다른 대가인 존 콜트레인(John Coltrane)과 나란히 한 시대를 풍미했다.

*** Stan Getz(1927~1991). 재즈 역사에서 중요한 색소폰 연주자로 보사노바 스타일의 대명사다.

이고 현실적인 환경에 전혀 안 어울리는 그들은 '비일본적인' 여러 기호에 의해 포위되고 정의된 이단이다. 수많은 이국 스타일의 기호들이 우리가 평소 소설의 현실 묘사를 읽을 때 저절로 솟아오르는 시간 감각을 저지한다.

『TV 피플』의 세 번째 소설은 특별히 '고도 자본주의 전사'임을 표방했는데 그 '고도 자본주의'라는 것은 무엇일까? 하루키의 명확한 견해에 따르면 고도 자본주의의 상징은 저 무궁무진한 매뉴얼들이다. 더는 간단한 일이라는 게 없고 각 물건마다, 각 사태마다 복잡한 꼬리표가 잔뜩 붙어 있다. 그리고 사물은 낡게 마련이어서 우리가 집에서 쓰는 소니 텔레비전은 언젠가 고장이 나겠지만 소니라는 기호는 나이와도 시간과도 무관하게 계속 존재할 것이다. 사물은 낡게 마련이지만 각각의 텔레비전들로 연결된 이 소니라는 기호는 그럴 리 없다.

진짜 세계와 대조되는 모형 세계

고도 자본주의가 창조한 것이 바로 이런 '기호의 신화'이다. 소니는 영원히 늙지 않고 영원히 거기에 존재한다는 것이다. 각각의 텔레비전은 망가지게 마련이고 더 많은 경우, 망가지기 전에 교체되겠지만 텔레비전에 표기된 소니라는 상표는 영원히 망가질 리 없다. 우리는 소니를 통하여 무시간無時間과 접촉했다. 또 소니가 발명한 시디를 통하여 영원함과 접촉했다. 시디가 막 발명되었을 때 사람들이 접한 선전은 이랬다. 인류가 음악을 영구히 보존하는 방법을 발명했으며 거기에 영원히 지워지지 않는 음악이 담겨 있다는 것이었다. 이에 우리가 인생 최초의 시디를 구입하고 조심조심 재킷을 열어 그 원형의 얇은 금속판을 만졌을 때 그 느낌은 정말로 영원함을 만진 것만 같았다.

같은 시기, 미국항공우주국은 태양계를 관측할 무인 우주선 '보이저 1호'와 '보이저 2호'를 쏘아 올렸다. 그리고 그중 한 척은 몇 개의 행성을 관측한 후 태양계 밖으로 나가서 우주를 향해 영원히 날아갈 것이다. 40년 뒤에 나는 없겠지만 보이저호는 여전히 날고 있을 것이다. 40억 년 뒤에는 태양계도 없겠지만 보이저호는 역시 날고 있을 것이다. 혹시 알 수 없는 외계인이 우리가 영원히 알 수 없는 시점에, 역시 우리가 영원히 알 수 없는 곳에서 보이저호를 붙잡을지도 모른다. 그리고 그 우주선 안에서 각종 지구 음악이 수록된 시디 한 장을 발견할지도 모른다. 아, 얼마나 신기한 일인가! 시디는 하나의 기호이면서 새로운 신화이다. 이 신화는 모더니티에서 보이는, 시간에 대한 고도의 예민함과 정반대이다.

하루키는 소설 속의 기호에 신경을 많이 쓴다. 그 기호들은 소설 속에서 시간과 변동을 차단하는 효과를 발휘하고 그로부터 어떤 모형 같은 세계를 구성한다. 그 세계는 우리의 진짜 세계와 서로 대조되는데, 진짜 세계처럼 그렇게 끝없이 변동하지는 않는다.

하지만 우리가 그 안의 한 가지 또는 여러 가지 기호를 이해하고 나면 소설의 의미, 적어도 부분적인 의미가 우리가 기호를 통해 보고 느낀 정보와 자극에 의해 바뀌게 된다.

재즈를 잘 모르는 독자에게는 하루키 작품에 나오는 수많은 재즈 곡명과 재즈 연주자의 이름은 그냥 일련의 반복되는 기호일 따름이다. 그러나 재즈를 잘 아는 독자나 하루키의 『재즈 에세이』를 특별히 주의 깊게 읽은 사람에게 그 기호들은 다양한 의미를 담고 있으며 왜 지금 그런 음악을 듣느냐가 소설의 일부가 되고 때로는 심지어 대단히 중요한 부분이 된다.

두 권짜리 『재즈 에세이』를 옆에 놓은 채 소설을 읽다가 소설 속에서 쳇 베이커*나 듀크 엘링턴, 마일스 데이비스** 같은 재즈 연주자의 이름이 나오면 바로 『재즈 에세

* Chet Baker(1929~1988). 미국의 재즈 트럼펫 연주자로 걸출한 흑인 연주자들과 어깨를 나란히 한 보기 드문 백인 재즈 스타이다. 한때 백인 재즈 팬들의 기대를 한몸에 받으며 '위대한 백색 희망'이라는 별명으로 불렸다.

이』에서 어떻게 그를 서술했는지 찾아보라. 그러면 그 이름이 갑자기 전혀 다른 말로 바뀌고 전혀 다른 뜻을 드러낼 것이다.

하루키의 상호텍스트 세계

이것이 곧 하루키 소설의 '상호텍스트'*** 구조이다. 각각의 기호는 모두 많든 적든 상호텍스트성을 갖고 있으며 그의 소설은 각종 상호텍스트성을 기반으로 하여 섬세하게 구축되어 있다. 이것은 데뷔작 『바람의 노래를 들어라』부터 그랬으며 하루키는 계속 자신의 상호텍스트 세계를 확대하여 후기 작품일수록 더 방대하고 복잡한 상호텍스트의 숲을 자랑한다. 그래서 하루키의 소설을 읽을 때는 기본적으로 두 가지 독법 또는 주법이 있다. 첫 번째 주법은 눈앞의 길만 따라서, 가장 명확하게 보이는 그 길만 따라서 계속 나아가는 것이다. 그리고 두 번째 주법은 그 숲속의 나무 한 그루 한 그루를 다 의식하는 것이다. 나무들에 둘러싸인 길만 보지 않고 '왜 여기에 나무가 자라 있을까? 이건 무슨 나무일까? 이 나무와 앞에서 봤던 나무는 무슨

** Miles Davis(1926~1991). 미국의 재즈 트럼펫 연주자로 재즈계의 전설적인 인물이다. 1950년대 쿨 재즈의 차갑고 내성적인 스타일을 확립했고 1960년대 말에는 퓨전 재즈의 길을 열었다.

*** 서양 문학 이론 용어로 텍스트들이 서로를 지시하는 방식을 가리킨다. 과거의 텍스트를 모방하고, 격하하고, 풍자하고, 다시 쓰는 한편으로 텍스트의 교직과 상호 인용을 이용해 새로운 텍스트와 글쓰기 전략과 세계관을 제시한다.

관계가 있을까?'라고 묻는 것이다.

만일 나무도 풀도 자라지 않은 길만 계속 간다면 우리는 하루키 소설의 숲을 다 통과해도 하루키 소설을 진정으로 읽었다고 말할 수 없다. 왜냐하면 상호텍스트적 단서들과 그것들의 배치를 무시하면 하루키 소설의 가장 큰 특징과 매력을 잃는 꼴이기 때문이다.

『해변의 카프카』를 읽으면서 우리는 적어도 세 그루의 큰 나무 또는 세 가지 중요한 상호텍스트를 규명하려 한다. 첫째, 다무라 카프카는 왜 집을 나가려 했을까? 그 근본 원인은 이 소설에는 씌어 있지 않으며 옛날 그리스 신화와 그리스 비극에서 비롯되었다. 둘째, 소설의 주인공은 왜 자기 이름을 '다무라 카프카'라고 지었을까? 왜 그의 곁에는 항상 '까마귀'라고 불리는 소년이 있을까? '카프카'는 무엇일까? '까마귀'는 또 무엇일까? 셋째, 다무라 카프카는 집을 나가서 왜 시코쿠에 갔을까? 그 또 다른 세계는 왜 시코쿠의 숲속에 숨겨져 있었을까?

이것이 『해변의 카프카』를 읽을 때 피해 갈 수 없는 세 그루의 거대한 나무이다. 우리는 이 나무들을 똑똑히 살펴 분명하게 이해해야 한다. 그러고 나서 가지, 잎, 나아가 숲의 땅 위에 떨어져 있는 유리병과 종이쪽지까지 계속 관찰해 볼 만도 하다.

이것이 내가 하루키를 읽는 방법으로 오랫동안 이를 통해 특별한 즐거움을 맛보았다. 상호텍스트적 단서를 규명하는 형식의 독서에 어울리는 소설은 매우 드물다. 그런데 하루키의 소설은 대부분 이렇게 읽는 것이 가능했다. 그는 그런 단서를 숨기는 것을 좋아했으며 게다가 그가 숨기는 단서는 다행히도 모두 내가 비밀을 풀 수 있는 것들이었다. 그는 미국과 미국 문학에 매우 정통해서 레이먼드 챈들러*, 레이먼드 카버**, F. 스콧 피츠제럴드***의 소설을 번역한 적이 있고 도스토옙스키의 『카라마조프가의 형제들』이 세계에서 가장 위대한 소설이라고 인정한다. 또 재즈를 듣고 온더록스 스타일로 위스키를 마신다. 이런 것들은 나와 그렇게 거리가 멀지 않아서 나는 그가 파 놓은 함정을 찾아낼 기회가 있었다. 그는 함정을 파는 것을 좋아하는 사람이다. 그렇다면 우리는 당연히 함정을 찾아 없애는 식으로 그의 소설을 즐겨야 한다.

---

* Raymond Chandler(1888~1959). 미국의 추리 소설 작가로 '범죄 소설의 계관 시인'이라는 명예를 얻었다. 그가 창조한 캐릭터인 필립 말로는 이미 하드보일드 사립 탐정의 대명사나 다름없다. 저서로 『빅 슬립』과 『기나긴 이별』 등이 있다.

** Raymond Carver(1938~1988). 헤밍웨이 이후 미국의 가장 중요한 단편 소설 작가로 '미국의 체호프'라고 불린다. 저서로 『사랑을 말할 때 우리가 이야기하는 것』과 『대성당』 등이 있다.

*** Francis Scott Fitzgerald(1896~1940). 20세기 미국을 대표하는 소설가 중 한 명으로 가장 유명한 작품은 『위대한 개츠비』이다. 이 작품은 출판 당시 판매가 부진했지만 작가 사후에 고전으로서의 지위를 인정받았다.

더럽혀진 테베 성

『해변의 카프카』를 읽으려면 고대 그리스 비극의 걸작인 소포클레스****의 『오이디푸스 왕』을 이해해야만 한다.

『오이디푸스 왕』은 테베 성의 왕궁 앞에서 시작되며 한 무리의 사람들이 거기에 모여 왕에게 청원하고 도움을 구한다. 당시 테베의 왕이었던 오이디푸스는 성문 밖의 소란을 듣고 안에서 나와 무슨 일이냐고 물었다.

사람들 사이에서 한 사제가 걸어 나와 대표로 오이디푸스에게 말한다.

"성안에 전염병이 돌아 사람들이 무더기로 감염돼 죽어 갑니다. 아직 태어나지도 않은 아이까지 전염병에 목숨을 잃었습니다. 10년 전 당신은 우리가 심각한 재난을 피하고 극복하게 도와주셨지요. 그때 테베의 성문 앞에는 무시무시한 스핑크스가 있었지만 당신의 지혜가 우리를 구했습니다. 지금 우리는 당신이 다시 떨쳐 일어나 전염병의 대환란에서 테베를 구해 주시기를 바랍니다."

이를 듣고 오이디푸스는 답한다.

"나도 사정을 알고 있어서 특별히 처남(크레온)에게 델포이에 가서 아폴론의 신탁을 받아 오라고 했소. 그가 우리에게 필요한 답을 가져오기를 바라오."

**** Sophocles(B.C.496?~B.C.406). 고대 그리스의 극작가이며 대표작으로 『오이디푸스 왕』, 『안티고네』, 『크로노스의 오이디푸스』가 있다.

이어서 그들은 크레온이 돌아온 것을 보았다. 그의 얼굴에 떠오른 미소를 보고 사람들은 희망을 갖는다. 그는 왕궁 앞에 도착해 서둘러 보고했다.

"저는 이미 신탁을 받았습니다. 왕이시여, 제가 안에 들어가 당신에게 아뢰길 원하십니까, 아니면 사람들 앞에서 발표하길 원하십니까?"

오이디푸스 왕은 말했다.

"우리는 아무것도 숨길 게 없으니 그냥 발표하시오."

크레온은 아폴론의 신탁이 매우 분명하고 직설적이라고 말했다. 테베 성이 더럽혀져 전염병이 유행한다는 것이었다. 그러면 테베 성은 어째서 더럽혀진 것일까? 테베 성에는 본래 라이오스라는 왕이 있었는데 그가 살해된 지 10년이 되도록 범인을 찾아 복수하지 못했다. 이 성은 그 엽기적인 왕 시해 행위와 그 죄를 저지른 자에 의해 더럽혀진 것이었다. 아폴론은 "범인을 찾아 성 밖으로 추방하면 전염병이 사라지고 모두 평안한 삶으로 돌아갈 것이다."라고 신탁을 내렸다고 했다. 이처럼 아폴론의 신탁이 전염병의 해결책을 알려 줬기 때문에 크레온의 얼굴에 웃음기가 돌았던 것이다.

신탁을 듣고 오이디푸스 왕은 말했다.

"그 일은 나도 잘 모르겠네. 내가 테베에 왔을 때 라이오스왕은 이미 없었으니까. 그는 언제 죽은 것인가? 또 자네들은 왜 범인을 추적해 라이오스 왕의 복수를 하지 않은 것인가?"

이 질문에 답하려면 과거로 돌아가 볼 필요가 있다. 10년 전 라이오스는 델포이로 가다가 도적 떼에게 살해당했다. 그때 테베 성은 온통 충격에 휩싸였다. 라이오스는 당시 테베를 덮친 대재난을 해결하기 위해 델포이 신전에 도움을 구하러 가는 길이었기 때문이다. 그 재난은 사자의 몸에 인간의 얼굴을 가진 괴수 스핑크스가 테베 성문 앞에서서 문을 지나다니는 사람들에게 질문을 던지는 것이었다. 그는 이렇게 물었다.

"어릴 적에는 네 발로 걷고 커서는 두 발로 걷고 늙어서는 세 발로 걷는데 목소리는 하나인 동물이 무엇이냐?"

누구든 이 질문에 대답을 못 하거나 틀린 답을 이야기하면 스핑크스는 그를 잡아먹어 버렸다. 테베인들은 결국 스핑크스 때문에 자신들의 성에 갇힌 꼴이 되고 말았다. 그래서 라이오스가 델포이 신전에 도움을 구하러 길을 떠났는데 불행히도 중간에 도적 떼를 만나 목숨을 잃은 것이다.

당시 테베인들은 자기 앞가림을 하기도 바빠서 그 도적들을 찾아 라이오스의 복수를 할 여유가 없었다. 그러면 스핑크스의 위기는 나중에 어떻게 해결됐을까? 코린토스에서 온 왕자가 테베 성을 지나다가 스핑크스에게 질문을 받고서 거침없이 '인간'이라고 답했다. 이에 스핑크스가 부끄러움을 못 이기고 절벽에서 몸을 던짐으로써 재난이 종결되었다. 그 코린토스의 왕자가 바로 오이디푸스였다.

재난은 해결됐지만 늙은 왕 라이오스가 죽은 뒤로 테베에는 새 왕이 없었다. 그래서 테베인들은 자신들을 위해 재난을 없애 준 오이디푸스를 테베의 새로운 왕으로 옹립했다. 오이디푸스는 이를 수락하고 원래의 왕비, 즉 라이오스의 부인을 아내로 삼았다. 아무래도 당시 이런 큰 변화가 연달아 생기는 바람에 사람들은 범인을 찾아 라이오스의 복수를 하는 일에 소홀할 수밖에 없었다.

라이오스를 죽인 범인

극 중에서 이 과거사는 사제와 합창단Chorus이 서로 번갈아 노래하며 설명한다. 설명을 다 듣고서 오이디푸스는 자신의 강력한 결심을 밝힌다.

"우리는 반드시 이 성을 지켜야 하오. 아폴론의 신탁

이 범인을 잡으라고 요구하니 나는 여러분에게, 여러분은 나에게 맹세합시다. 누구든 조금도 숨기는 게 있어서는 안 되며 우리는 꼭 그 범인을 찾아내 성 밖으로 내쫓아야 하오. 모두 그 범인을 숨겨 주지 않겠다고 맹세해야 하며 누구든 어떤 단서라도 알게 되면 반드시 내게 알려 주시오."

합창단을 대표로 하여 테베인 전체가 맹세를 했다.

하지만 어디에 가서 10년 전 노상에서 벌어진 살인 사건의 범인을 찾는단 말인가? 범인은 라이오스가 마주친 도적들인데 10년 전의 그 도적들이 지금 어디 있는지 누가 알 수 있단 말인가?

물론 신은 알고 있었다. 하지만 인간은 억지로 신의 입을 열게 할 수 없을뿐더러 아폴론의 신탁도 테베인들 스스로 범인을 찾아야 전염병의 피해에서 벗어날 수 있다고 못 박아 놓은 상태였다. 그렇다면 어떡해야 할까? 어디에 가서 실마리를 찾아야 할까? 이때 오이디푸스는 말했다.

"염려 마시오, 크레온이 좋은 제안을 했으니. 우리 신에게 답을 묻지 못한다면 신보다 조금 능력이 떨어지는 인간을 찾아갈 수도 있소. 크레온은 테이레시아스라는 대단한 장님 예언가를 알고 있소."

그때 나이가 백 살이 넘은 테이레시아스는 테베 성이

지어질 때부터 이미 예언가였다. 테베 성이 지어질 때 그는 예언하길, 그 성에서 장차 한 명의 위인이 나올 것이라고 했다. 만약 신의 도움으로 범인을 찾을 수 없다면 적어도 테이레시아스가 아직 남아 있는 셈이었다.

테이레시아스가 왔다. 그 백 살도 넘은 장님 예언가가 오이디푸스 앞에 섰다. 그런데 "도대체 누가 라이오스를 죽인 건가?"라고 오이디푸스가 묻자, 그는 구슬프게 울부짖었다.

"어떻게 이런 일이 있을 수가! 왜 나의 지혜는 이토록 깊은 슬픔을 가져오는가?"

오이디푸스는 그가 무슨 말을 하는지 몰라 다시 물었다.

"알고 있다면 누가 라이오스를 죽였는지 말해 주게."

테이레시아스가 답했다.

"말씀드릴 수 없으니 더 묻지 마십시오."

오이디푸스는 깜짝 놀랐다.

"왜 말해 줄 수 없다는 건가?"

"뭐라고 하셔도 말씀드릴 수 없습니다."

오이디푸스가 대노하여 말했다.

"나는 방금 이 성의 모든 사람과 맹세를 했다. 누구든 라이오스에 관해 알고 있다면 내게 말해야 하고 또 나는 서둘러 라이오스를 죽인 범인을 찾아 이 성을 구해야 한다고. 성안의 높고 낮은 사람들이 저마다 맹세를 하고 숨길 엄두를 못 내는데 너는 숨기겠다는 것이냐?"

"맞습니다. 화를 내셔도 소용없습니다. 저는 숨길 겁니다."

오이디푸스는 더 화가 나서 잠시 말문이 막혔다가 다시 입을 열었다.

"그러면 알겠다. 나는 누가 라이오스를 죽였는지 알았다. 그자는 바로 너다. 네가 범인이어서 말을 안 하는 것이다."

이 말에 테이레시아스는 격노했다.

"제가 말하지 않는 것은 제가 밝혀야 하는 진실을 누구도 감당할 수 없기 때문입니다. 그런데 당신이 이런 식으로 저를 모욕한다면 저는 이 말을 돌려드릴 수밖에 없습니다. 라이오스를 죽인 사람이 바로 제 앞에 있다고 말입니다."

오이디푸스는 금방이라도 기절할 것처럼 화가 났다.

"다시 말해 보거라!"

테이레시아스는 정말로 다시 말했고 더군다나 이번

에는 더 명확히 말했다.

“라이오스를 죽인 사람은 바로 당신입니다.”

오이디푸스는 말했다.

“너는 연달아 두 번 나를 모욕했다, 연달아 두 번이나!”

테이레시아스는 계속 말했다.

“이게 다가 아닙니다. 라이오스를 죽인 것 말고도 당신은 더 끔찍한 짓을 저질렀습니다.”

한 장님 예언가가 군중 앞에서 오이디푸스를 질책하며 그가 바로 라이오스를 죽인 사람이고 테베를 더럽혀 전염병이 돌게 한 장본인일뿐더러 라이오스를 죽인 것보다 더 끔찍한 짓까지 저질렀다고 말했다. 이것은 오이디푸스가 참으려야 참을 수 없는 일이었다. 순간 그는 머릿속에 어떤 생각이 떠올라 큰소리로 테이레시아스에게 다그쳐 물었다.

“크레온이 네게 이런 말을 하라고 했지? 이건 너희 둘의 음모가 맞지? 이제 알겠군. 이래서 크레온이 너를 데려오자고 한 거였어. 너는 크레온과 결탁하고 나를 쫓아내려는 거야. 이건 정변이다. 이건 반란이야! 너희 둘은 음모와 반란으로 너희의 왕을 죽이고 음해하려는 것이다!”

군중을 대표하는 합창단이 옆에서 얼른 그를 위로하

고 충고했다.

“그만 화를 가라앉혀요. 이미 자기가 무슨 말을 하는지도 모를 만큼 화가 났군요. 제발 화를 가라앉혀요. 우리는 그래도 이 예언자를 존중해야 해요. 이 사람이 틀린 말을 해도 그래야 해요.”

끓어오르는 분노 속에서 오이디푸스는 테이레시아스를 쫓아냈다.

“내 앞에 나타나지 마라. 어서 가라, 내게서 떠나라!”

크레온과 이오카스테

테이레시아스가 떠난 뒤 크레온이 왔다. 크레온은 잔뜩 화가 난 상태였다.

“왕이 나를 고발했다는 이야기를 들었다. 아무 증거도 없이 내가 자신을 해치려 한다고 고발하다니! 이건 너무나 웃기고, 어처구니없고, 참을 수 없는 일이다!”

크레온이 왔다는 소식을 듣고 오이디푸스는 당장 그를 만나 거침없이 말했다.

“너는 무슨 낯짝으로 또 나를 찾아왔는가? 감히 비열한 수단으로 나를 몰아내려 하다니!”

둘은 말다툼을 하기 시작했고 갈수록 언성이 높아져

서 오이디푸스는 홧김에 크레온이 죽기를 바란다고까지 말했다. 이에 크레온이 물었다.

"저를 쫓아내려는 것도 모자라 죽기를 바라십니까? 하지만 대체 무슨 근거로 제가 당신을 해치고 몰아내려 했다는 겁니까?"

합창단이 또 오이디푸스를 달랬다.

"최소한 크레온이 뭐라고 하는지는 들어 보셔야지요."

오이디푸스는 크레온에게 물었다.

"너는 테이레시아스가 예언가여서 미래를 예견할 수 있고 우리가 못 보는 일까지 다 볼 수 있다고 말하지 않았느냐? 그러면 묻겠다. 10년 전 라이오스가 피살되었을 때 그는 여기 있지 않았느냐? 10년 전에도 그는 예언가가 아니었더냐? 그런데 그는 왜 10년 전에 누가 라이오스를 죽였는지 사람들에게 알리지 않고 지금 와서 내가 라이오스를 죽인 범인이라며 나를 모욕하는 것이냐?"

크레온은 너무 억울했다.

"저도 모릅니다! 하지만 저는 절대로 그렇게 하라고 그에게 사주한 적이 없습니다. 한번 말씀해 보십시오. 이 성에서 제 누이동생이 누구입니까?"

"네 누이동생은 내 아내다. 그녀는 이 나라에서 나와

똑같이 중요한 사람이다."

크레온이 물었다.

"그러면 저는 제 누이동생과 비교해 어떻습니까?"

"부끄러운 줄도 모르고 그런 질문을 하다니! 나는 네 누이동생과 너를 나 자신과 똑같이 중요하게 생각해서 이 성에서의 내 권력을 둘에게 똑같이 나눠 주었다."

"맞습니다! 설마 제가 바보란 말입니까? 저는 실질적으로 당신과 똑같은 권력을 갖고 있는 데다 책임을 질 필요도 없어서 무슨 일이 생기면 사람들은 당신만 찾아갑니다. 지금 이 성이 공포와 위험에 빠진 상황에서 제가 난데없이 당신을 몰아내려 한다면 이는 제가 이미 실질적으로 갖고 있던 것을 추구하는 동시에 본래 원치 않았던 것을 취하려 한다는 것인데, 도대체 그게 말이 됩니까?"

그러나 오이디푸스는 이성적으로 따지는 게 불가능했다.

"나는 네가 무슨 말을 하는지 모르겠다. 하지만 네가 무슨 변명을 하든 테이레시아스가 바로 증거다. 너는 나를 몰아낼 생각이야!"

두 사람이 한 치의 양보도 없이 계속 말다툼을 벌일 때 다시 합창단이 말했다.

“다행히 왕비가 오셨다. 우리의 왕비 이오카스테가 오셨다. 왕비께서 이 싸움을 가라앉혀 주셨으면.”

이오카스테가 와서 무슨 일이냐고 물었지만 두 사람은 다시 다투기 시작했다. 어쩔 수 없이 그녀는 오빠 크레온이 먼저 자리를 뜨게 한 뒤 비로소 오이디푸스에게 물었다.

“왜 이렇게 화가 나셨죠?”

“화가 날 수밖에! 과거, 현재, 미래뿐만 아니라 우리가 못 보는 것까지 볼 수 있다는 예언자가 이 중요한 시점에 내 앞에서 나를 고발했소. 내가 당신의 전 남편이자 선왕인 라이오스를 죽였다고 말이오. 그러니 내가 어떻게 화가 안 나겠소?”

이오카스테는 그를 위로했다.

“아, 그런 일 때문에 화가 나셨다면 너무 부질없어요. 제가 예언이란 게 별로 대수롭지 않다는 걸 똑똑히 말씀드리죠. 예언이 그리 정확하지 않은 것에 대한 예를 한 가지 알고 있거든요.”

아버지를 죽이고 어머니를 아내로 삼는다는 예언

"라이오스가 젊었을 때 아폴론 신전에 갔다가 소름 끼치는 예언을 들었죠."

이오카스테는 말했다.

"아폴론 신이 직접 예언했다고는 감히 말할 수 없지만 적어도 아폴론 신전의 사제가 그런 예언을 한 건 맞아요. 라이오스가 미래에 친아들의 손에 죽고 또 그 친아들이 어머니를 아내 삼는다고 했죠. 지금 라이오스는 이미 죽은 사람이에요. 도적 떼에게 죽었죠. 그러니 예언이 정확하지 않다는 것을 알 수 있지 않나요? 저 자신이 가장 분명하게 체험한 셈이에요, 라이오스가 친아들에게 죽지 않았다는 것을 말이에요. 단지 이 일만으로도 충분히 납득할 수 있는데 굳이 그 눈먼 예언자가 한 말 때문에 이렇게 화낼 필요가 있나요?"

왕비는 또 말했다.

"그런데 라이오스는 그 소름 끼치는 예언을 믿었어요. 그래서 내가 아들을 낳자 그 애의 발꿈치에 못을 박고는 하인을 시켜 키타이론산에 버리게 했죠. 내 아들은 그렇게 죽었으니 당연히 다시 돌아와 라이오스를 죽일 수 없었어요. 라이오스는 델포이 신전에 가는 길에 세 갈래 길목에서 도적 떼에게 살해당했고요.”

이오카스테가 이런 말을 한 목적은 오이디푸스를 안심시키기 위해서였다. 확실히 그는 점차 안색이 편안해지며 ‘그래, 굳이 예언 따위를 신경 쓸 필요가 있나!’라는 생각이 들었다. 그런데 계속 듣다가 어느 대목에서 다시 안색이 굳어졌다.

“다시 말해 주시오. 라이오스가 어디서 죽었다고?”

이오카스테가 되풀이해 말했다.

“세 갈래 길목에서요.”

오이디푸스가 또 물었다.

“그게 몇 년 전 일이오? 구체적으로 언제였소?”

“당신이 테베 성에 오기 며칠 전이었어요. 그러니까 당신이 스핑크스를 몰아내기 며칠 전이었죠.”

“라이오스는 어떤 외모였소?”

“당신과 조금 닮았는데 머리가 백발이었어요.”

“라이오스는 혼자였소, 아니면 옆에 누가 있었소?”

“맨 앞에 척후병이 한 명 있었고 뒤에 또 네 명이 곁에 있었어요.”

“라이오스를 따르던 그 사람들도 모두 죽은 거요?”

“시종 한 명만 살아 돌아왔어요. 돌아와서 이미 당신

이 이 성의 왕이 된 것을 알고는 제게 성 밖에 나가 살게 해 달라고 하더군요. 테베에서 가장 후미진 곳에 가서 양을 치며 살겠다고 했어요."

오이디푸스는 혼란에 빠졌다. 그는 솔직하게 이오카스테에게 말했다.

"나는 테베에 오기 전에 방금 당신이 말한 그 세 갈래 길목에서 한 척후병과 마주쳤소. 그는 오만불손하게 길을 양보하라고 했지. 뒤에 중요한 인물이 오고 있으니 길가로 물러나 있으라고 했소. 나는 불응했고 그와 충돌했소. 나중에 그가 말한 중요한 인물이 왔고 나는 그들을 모두 죽여 버렸소."

이오카스테는 처음 듣는 이야기여서 어떻게 반응해야 할지 몰라 똑같은 말만 되풀이했다.

"그럴 리가요. 그럴 리가 없어요. 당신일 리가 없어요."

이오카스테가 애써 냉정을 유지하는데 그가 또 물었다.

"라이오스가 도적 떼에게 살해당한 게 맞소?"

이오카스테는 서둘러 답했다.

"맞아요. 살아 돌아온 그 양치기가 말했어요. 저뿐만 아니라 다른 사람들도 그렇게 들었어요. 도적 떼에게 살해당했다고요."

"그게 내 유일한 희망이오. 그 양치기를 찾아 오라고 해야겠소. 도적 떼가 라이오스를 죽이는 것을 그가 정말로 봤다면 당연히 범인이 나일 리는 없을 거요."

"당연하죠. 분명히 당신일 리는 없어요. 당신은 혼자였고 도적 떼가 아니었잖아요."

그래서 그들은 부하를 시켜 서둘러 그 살아 돌아온 양치기를 찾아 오게 했다. 라이오스를 죽인 범인이 한 사람이었는지, 아니면 도적 떼였는지 밝혀내야 했다.

코린토스에서 온 사자

오이디푸스가 양치기가 오기를 기다리고 있을 때 왕궁 앞에 어떤 사자가 와서 길을 물었다.

"나를 테베의 왕에게 데려다줄 수 있습니까? 테베의 왕은 어디에 계십니까?"

왕궁 밖에 있던 사람이 그에게 알려 주었다.

"여기가 바로 테베의 왕궁이고 우리의 왕은 안에 계십니다."

사자는 말했다.

"나는 당신들의 왕을 알현해야 합니다. 전해 드릴 중

요한 전갈이 있습니다."

이오카스테가 마침 궁문을 나서는 것을 보고 옆에 있던 사람이 사자에게 일러 주었다.

"왕은 안에 계시지만 왕비가 저기 나오셨네요."

사자는 왕비에게 다가가 말했다.

"기쁘면서도 슬픈 소식이 있어 이렇게 알려 드리러 왔습니다."

"무슨 소식인지 어서 내게 얘기해 보세요. 하지만 먼저 어디서 온 분인지 밝혀 주시겠어요?"

"저는 코린토스에서 왔습니다. 기쁜 소식은 부군이 이제 테베의 왕인 동시에 코린토스의 왕이 된 겁니다. 그 분의 부친인 코린토스의 왕 폴리보스가 얼마 전 돌아가셨기 때문입니다. 부군은 속히 코린토스로 돌아가 왕위를 계승해야 합니다."

이 일은 오이디푸스의 내력과 관련이 있었다. 오이디푸스는 본래 코린토스의 왕자였는데 어느 날 연회에서 술에 취한 손님이 주정을 부리다가 그를 가리키며 말했다.

"너는 이 성의 왕자가 아니야. 원래 우리 왕의 아들이 아니라고."

이 일로 인해 코린토스 성안에 오이디푸스의 출신을

의심하는 각종 소문이 나돌았다. 오이디푸스는 당연히 곤혹스럽고 고통스러워 당장 신전으로 달려가 아폴론에게 물었다.

"제가 코린토스 왕 폴리보스의 아들이 맞습니까?"

그런데 아폴론 신은 그의 질문에 답하는 대신 "언젠가 너는 네 아버지를 죽이고 네 어머니를 아내로 삼을 것이다."라고 했다.

이 얼마나 공포스러운 예언인가! 오이디푸스는 그 예언을 피하기 위해 코린토스를 떠나 테베에 와서 정착했다. 코린토스에 있지만 않으면 아버지를 죽일 일도 어머니를 아내로 삼을 일도 없다고 생각한 것이다. 이것이 바로 그의 내력이었다.

사자의 말을 듣고 이오카스테는 기뻐서 오이디푸스를 불러 밖으로 나오게 했다.

"이 사자가 가져온 소식을 들어 보세요."

사자가 말했다.

"그러면 다시 말씀드리겠습니다. 당신의 아버지인 코린토스 왕 폴리보스가 돌아가셨습니다."

이오카스테가 바로 이어서 물었다.

"그분은 어떻게 돌아가셨죠? 혹시 살해당했나요?"

사자가 답했다.

"일정한 나이가 되면 죽음은 쉽게 옵니다. 조금만 이상이 생겨도 인간은 죽게 마련이죠. 폴리보스 왕은 병사했습니다."

폴리보스가 병사한 것을 확인하고 이오카스테는 안도의 한숨을 쉬며 오이디푸스에게 말했다.

"우리가 더 예언을 믿을 필요는 없겠죠? 예언은 당신이 아버지를 죽인다고 하지 않았나요? 당신의 아버지는 돌아가셨지만 확실히 당신이 죽인 게 아니에요. 설마 당신이 죽인 건가요?"

"그분이 내가 너무 그리워 돌아가신 거라면 내가 간접적으로 죽였다고도 할 수 있소. 그게 아니면 내가 그분을 죽이는 건 불가능하오."

그때 사자가 오이디푸스를 재촉했다.

"어서 출발하시죠. 저와 함께 즉시 코린토스로 돌아가 왕위를 계승해야 합니다."

오이디푸스는 잠시 망설이다가 말했다.

"나는 코린토스에 돌아갈 수 없소."

이오카스테가 그에게 권했다.

"당신은 돌아가셔야 해요."

사자는 영문을 알 수가 없었다. 오이디푸스는 이제 코린토스의 왕이었다. 설마 코린토스에 안 돌아가고 그곳의 왕위를 비워 두려는 것일까? 하지만 오이디푸스에게는 못 돌아갈 만한 이유가 있었다.

"어머니가 아직 계시지 않소! 그 무서운 예언은 아직 반이 남았소. 어머니를 아내로 삼는다니, 그것은 더욱 상상도 할 수 없는 일이오. 그래서 나는 코린토스에 돌아갈 수 없소."

왕자의 진짜 신분

오이디푸스가 그렇게 말하자 사자는 웃으면서 그를 위로했다.

"정말로 그것 때문에 코린토스에 못 돌아가는 겁니까? 잘됐군요. 당신이 그 염려를 덜기에 저보다 더 도움이 될 사람은 없습니다. 제 말은 절대 틀리지 않으니 믿어도 됩니다. 당신은 어머니를 아내로 삼을까 봐 걱정할 필요가 없습니다. 왜냐하면 코린토스의 그 왕비님은 당신의 친어머니가 아니기 때문입니다."

오이디푸스가 경악해서 그게 무슨 소리냐고 묻자 사자는 이렇게 설명했다.

"왜 저를 파견해 당신에게 이 소식을 알리라고 했을까요? 왜냐하면 코린토스에서 제가 당신을 안 지 가장 오래된 사람이기 때문입니다. 제가 이 손으로 당신을 안아 폴리보스 왕께 바쳤습니다. 당신은 그분들의 친아들이 아닙니다. 제가 당신을 그분들께 바쳤습니다."

오이디푸스는 한층 더 놀랍고 곤혹스러웠다.

"당신의 말은 내가 사실 폴리보스 왕의 자식이 아니라는 거요? 하지만 그분은 나를 친자식처럼 사랑하셨소."

"맞습니다. 그분들은 자식이 없어서 제가 바친 그 아이를 보물처럼 애지중지했죠."

오이디푸스는 또 사자에게 물었다.

"그러면 나는 당신의 아들이오?"

사자는 즉시 부인한 뒤 말했다.

"저는 당시 양치기였고 어떤 사람이 제가 양을 치던 곳에 와서 당신을 맡겼습니다. 그는 당신이 가엾은 아기라고 말했습니다. 부모가 당신을 원치 않을 뿐만 아니라 죽기를 바라서 자기한테 죽이라고 했다더군요. 그는 도저히 아기를 죽일 수가 없어 제게 맡긴 겁니다. 어쨌든 저는 그 아이를 코린토스로 데려갔으니 그 아이가 아직 살아 있다는 것을 아는 사람은 없습니다."

그는 오이디푸스에게 계속 말했다.

"저는 그 사람에게 당신을 건네받고 저의 주인이 생각났습니다. 저의 왕과 왕비는 아이가 없었고 얼마나 아이를 갖고 싶어 했는지 모릅니다! 비록 그때 당신은 발꿈치에 상처가 있기는 했지만 그래도 두 분은 당신을 사랑했고 그래서 당신에게 오이디푸스라는 이름을 지어 주었습니다."

그리스어로 '오이디푸스'는 '부은 발'이라는 뜻이었다.

"그분들은 너무나 당신을 사랑했습니다! 하지만 그렇다고 사실이 변하지는 않지요. 두 분은 당신의 친부모가 아닙니다. 그러니 그 예언을 두려워하지 않아도 됩니다."

오이디푸스가 또 물었다.

"그 말은 내가 비천한 양치기 가정 출신이라는 거요? 대체 나는 어떤 가정에서 태어난 거요? 당신은 아이를 넘긴 사람을 지금도 알아볼 수 있소?"

"당연히 알아볼 수 있습니다. 그는 라이오스 왕의 시종이었으니 당신은 당장이라도 사람을 시켜 그를 찾아낼 수 있을 겁니다."

오이디푸스는 깜짝 놀라 돌아보며 물었다.

"사자가 말하는 그 사람을 너희는 아느냐?"

합창단이 입을 모아 답했다.

"우리는 모릅니다!"

이때 이오카스테가 끼어들었다.

"더 묻지 마세요. 그런 건 알 필요가 없어요."

오이디푸스는 의아해하며 말했다.

"나는 당연히 물어봐야 하오. 출신이 비천해서 왕자의 자격이 없다고 하더라도 꼭 알아내야겠소. 내가 도대체 어디에서 왔는지 밝혀야만 하니까."

"당신이 상상하는 것처럼 그렇지는 않을 거예요. 부디 더 묻지 마세요. 더 알려고 하지 마세요."

그녀가 아무리 권유해도 오이디푸스는 끄떡도 하지 않았다.

"그 사람을 불러냅시다."

이오카스테가 돌아서서 안으로 들어갔다. 그리고 라이오스의 그 시종이 나오자 코린토스의 사자가 인사를 건넸다.

"오랜만입니다. 나를 기억하지요?"

그 사람은 고개를 저었다.

"당신은 누구입니까?"

사자가 옛날 일을 이야기했지만 그 사람은 계속 기억이 안 난다고만 했다.

사자가 불쾌해하며 말했다.

“그때 당신이 맡긴 그 아이가 장성해서 지금 당신 눈앞에 있지 않습니까?”

“그런 일이 있었나요?”

이번에는 오이디푸스가 물었다.

“꼭 좀 얘기해 주게. 그 아이는 어디에서 왔는가?”

“말씀드릴 수 없습니다. 말씀드리지 않겠습니다.”

“나는 꼭 내 출신 배경을 알아내야 하네.”

“알려고 하지 마십시오. 아시면 안 됩니다.”

이에 오이디푸스는 그 사람을 포박해 뒤로 데려가게 해서 강제로 자백을 받아 냈다.

그 사람은 어쩔 수 없이 입을 열었다.

“그 아이는 라이오스 왕의 아들이었습니다. 자신이 장차 아들의 손에 죽고 또 그 아들이 어머니를 아내로 삼는다는 신탁을 받은 탓에 라이오스 왕은 그 아이가 태어나자마자 발꿈치에 못을 박아 제게 넘기면서 죽이라고 했습니다. 저는 차마 그럴 수가 없어서 제가 아는 유일한 코린토스인에게 그 아이를 맡겼습니다.”

이 말을 듣고 오이디푸스는 당연히 모든 것을 이해했다. 그는 말했다.

"알았다. 내 앞의 모든 일을 다 이해했다. 여러분도 이해했을 것이다."

말을 마치고 그는 안으로 들어갔다.

오이디푸스의 결말

이어서 또 한 명의 사자가 왕궁에서 나왔다. 무거운 안색의 그가 더없이 침통한 어조로 테베인들에게 공표했다.

"우리의 왕에게 비참한 일이 생겼습니다. 나는 여러분에게 알리고 싶지 않지만 여러분은 꼭 알아야만 합니다."

테베인들은 그 일의 전후 사정을 모두 들었다. 오이디푸스가 코린토스의 왕자가 아니라 사실 라이오스 왕의 아들이었고 태어나자마자 버려졌다가 우여곡절 끝에 테베 성으로 돌아온 것이 밝혀졌다. 그런데 테베 성으로 오는 도중에 그는 자신의 아버지를 죽였고 성에 돌아온 뒤에는 자신의 어머니와 결혼해 두 아들과 두 딸을 낳았다. 그래서 그 두 아들과 두 딸은 그의 자식인 동시에 동생이었고 그의 아내는 동시에 그의 어머니였다. 정말로 끔찍한 일이었다.

사자는 말했다.

"더 슬픈 일이 있으며 이 일도 여러분에게 알리지 않을 수 없습니다."

그는 이오카스테가 왕궁으로 들어간 뒤에 무슨 일이 있었는지 이야기했다. 그녀는 방에 들어가 문을 걸어 잠갔고 모든 것을 안 오이디푸스가 찾아가서 몸을 부딪쳐 문을 열었을 때는 이미 목을 매어 죽어 있었다. 오이디푸스는 그녀의 시체를 내려놓고서 그녀의 브로치로 힘껏 자기 눈을 찌르고 또 찔렀다. 그렇게 피와 눈물로 가득해진 자신의 두 눈을 향해 그는 분노하여 외쳤다.

"너희는 왜 평소에 아무것도 보지 못했느냐?"

오이디푸스는 자신의 명령과 맹세에 따라 스스로를 추방해야 했다. 테베 성을 떠나기 전, 그는 먼저 스스로 두 눈을 훼손했고 피투성이가 된 채로 왕궁 밖에서 울부짖었다. 자신을 용서할 수 없었던 것이다. 이때 크레온이 달려와 그를 붙잡았다.

"안에 들어갑시다. 들어가서 얘기합시다."

"어쩔 수 없소. 이 일은 해결이 불가능하고 나는 떠나야만 하오. 나는 당신이 내 두 아들한테 잘해 줄 것임을 알고 있소. 하지만 내 두 딸, 안티고네와 이스메네는 지금껏 이 아버지와 밥 한 끼 제대로 먹은 적이 없구려. 내가 바라는 것은 잠시 그 애들을 어루만지고 함께 있는 것뿐이오."

두 딸이 오자 그는 말했다.

"이 일들이 너희는 이해가 안 되겠지만 우선 나는 너희에게 사과할 수밖에 없구나. 나 때문에 너희는 장차 많은 어려움을 당할 것이다. 누가 감히 저주로 가득한 사람을 아내로 맞겠느냐? 아비가 너희에게 너무나 미안하구나."

크레온이 계속 궁 안으로 들어오라고 했지만 오이디푸스는 거부했다. 그는 떠나야 했다. 그런데 마지막으로 떠나야 할 시점에 그는 못 참고 애달프게 소리쳤다.

"내 딸들을 데려가지 마라!"

크레온은 무정하게 답하지 않을 수 없었다.

"당신은 이제 왕도 아닌데 명령을 하는 겁니까?"

이 비극은 두 딸이 퇴장하고 오이디푸스가 홀로 외롭게 남겨지는 데서 끝난다. 그는 비통하고 무서운 추방 생활을 시작해야만 했다. 이 비극은 대단히 잘 짜여 있으며 극이 시작될 때 오이디푸스는 모든 것을 다 가졌지만 극이 끝날 때는 모든 것을 다 잃었다. 더욱이 인간이 상상할 수 있는 최악의 슬픔과 고통까지 짊어져야 했다.

저항할 수 없는 운명

앞에서 『오이디푸스 왕』을 그렇게 길고 자세히 소개한 까닭은 이 극본이 무라카미 하루키의 『해변의 카프카』 전체를 성립하게 하는 전제이기 때문이다. 소포클레스가 쓴 비극의 강도를 이해하고 느끼지 못하면 우리는 『해변의 카프카』의 서두 첫 단락도 다 읽지 못한다.

『해변의 카프카』의 서두는 무슨 내용일까? 까마귀 소년*과 주인공 '열다섯 살 소년'의 대화이다. 까마귀 소년은 말솜씨가 대단히 훌륭해서 주인공에게 이런 이야기를 해준다.

* 소년의 내면이 따로 발현된 존재인 것으로 보인다.(옮긴이)

어떤 경우에 운명이라고 하는 것은 끊임없이 진로를 바꿔 가는 국지적인 모래 폭풍과 비슷하지. 너는 그 폭풍을 피하려고 도망치는 방향을 바꾼다. 그러면 폭풍도 네 도주로에 맞추듯 방향을 바꾸지. 너는 다시 또 모래 폭풍을 피하려고 네 도주로의 방향을 바꿔 버린다. 그러면 폭풍도 다시 네가 도망치는 방향으로 또 방향을 바꿔 버리지. 몇 번이고 몇 번이고, 마치 날이 새기 전에 죽음의 신과 얼싸안고 불길한 춤을 추듯 그런 일이 되풀이되는 거야. 왜냐하면 그 폭풍은 어딘가 먼 곳에서 찾아온, 너와 아무 관계가 없는 어떤 것이 아니기 때문이지. 그 폭풍은 그러니까 너 자신인 거야. 네 안에 있는 무엇이라고 생각하면 돼. 그러니까 네가 할 수 있는 일이라고는, 모든 걸 체념하고 그 폭풍 속으로 곧장 걸어 들어가서 모래가 들어가지 않게 눈과 귀를 꽉 틀어막고 한 걸음 한 걸음 빠져나가는 일뿐이야. 그곳에는 어쩌면 태양도 없고 달도 없고 방향도 없고 어떤 경우에는 제대로 된 시간조차 없어. 거기에는 백골을 분쇄해 놓은 것 같은 하얗고 고운 모래가 하늘 높이 날아다니고 있을 뿐이지. 그런 모래 폭풍을 상상하란 말이야.*

* 원서는 타이완 시보사(時報社)에서 2002년에 출간된 중국어판을 인용했지만 이 책에서는 문학사상에서 2008년에 출간한 『해변의 카프카』를 인용의 출처로 삼고자 한다.(옮긴이)

이것은 사실 『오이디푸스 왕』에 대한 하루키의 주도 면밀한 평론인 동시에 소설의 초입에서 소설 전체의 주제를 남김없이 드러내는 것이다. 『오이디푸스 왕』이 이야기하는 것이 '운명'이라는 것은 의심의 여지가 없다. 운명은 거스를 수 없고 어디에나 존재한다. 라이오스와 이오카스테는 일찌감치 운명을 알았고 경고를 받았으며 수단과 방법을 가리지 않고 운명을 피하려 했다. 그래서 장차 아버지를 죽이고 어머니를 아내로 삼을 아이를 유기해 죽이기로 제때 결단을 내린다. 오이디푸스도 성장하고 나서 장차 아버지를 죽이고 어머니를 아내로 삼는다는 운명을 통고받았다. 이에 그 역시 운명을 피하려고 서둘러 코린토스를 떠난다. 우리는 금세 이 비극에 대해 강한 인상을 받게 되는데, 그것은 바로 이 비극이 전하는 메시지 때문이다. 운명은 너무나 강력하고 온 세상을 다 장악하고 있어서 개인인 우리는 저항할 수도 벗어날 수도 없다는 것이다.

그런데 『오이디푸스 왕』을 바탕으로 쓰인 『해변의 카프카』는 시작하자마자 까마귀 소년이 훈계를 되풀이하면서 주인공인 다무라 카프카에게 세상에서 가장 터프한 열다섯 살 소년이 되라고 요구한다. '세상에서 가장 터프한 열다섯 살 소년'이 무엇인지는 까마귀 소년이 명확히 설명한다. 운명을 똑똑히 알면서도 피하지 않으며 폭풍이 올 줄 알면서도 우회하는 대신에 곧장 모래 폭풍 속을 뚫고 들어가는 것이다.

하루키는 『오이디푸스 왕』에 대해 특수한 견해를 갖고 있다. 혹은 이 비극에 대해 근본적으로 동의하지 않으며 특히 어떤 한 지점에 동의하지 못한다. 그것은 바로 극중의 인물들이 모두 나름대로 폭풍에서 멀어지는 결정을 하고 폭풍 밖을 향해 걸어가면서 그렇게 하면 폭풍을 피할 수 있다고 생각한 것이다. 하지만 라이오스와 이오카스테부터 오이디푸스에 이르기까지 그들이 운명을 피하려고 내린 결정 하나하나가 오히려 그들을 이미 정해진 운명 속으로 한 걸음 한 걸음 끌고 갔다.

『오이디푸스 왕』에서 출발하여 하루키는 『해변의 카프카』에서 어떤 철저한 반전을, 즉 운명의 통제에서 벗어나는 유일한 방법은 바로 운명을 마주한 채 용감하게 운명의 폭풍 속으로 걸어 들어가는 것임을 표현하려 했다. 그 폭풍이 아무리 강하고 무서워도 오직 그래야만 운명의 통제에서 벗어날 수 있다는 것이다. 『오이디푸스 왕』의 각 인물은 운명에서 도망치려고만 했을 뿐, 운명에 저항할 용기는 없었다. 그들에게는 '터프함'이 없었다.

운명의 모래 폭풍 속으로 곧장 걸어 들어가는 것이 바로 '터프함'이다.

테베 성 건설의 신화

오이디푸스와 테베의 이야기는 사실 더 오래된 원형이 존재한다. 오이디푸스 이야기는 왜 테베에서 생겨났을까? 그것은 테베 성의 건설에 관한 전설과 관련이 있으며 오이디푸스 이야기는 그 전설이 변형된 것이다.

그리스 신화에는 아르고스라는 지역이 나온다. 이 아르고스의 왕에게는 다나에라는 외동딸이 있었다. 그런데 다나에는 태어나자마자 장차 자신이 낳을 아들이 자기 외할아버지, 즉 자신의 아버지를 죽인다는 저주를 받았다. 이 저주를 안 사람은 아르고스 왕에게 어서 딸을 죽이라고 권했다. 딸을 죽이면 당연히 아이를 낳을 수 없으니 그 저주도 풀릴 것이라고 했다.

하지만 아르고스 왕은 차마 딸을 죽일 수가 없어 다른 방법을 생각해 냈다. 땅속에 깊은 동굴을 파고서 약간의 공기와 햇빛만 통하는 구멍만 남기고 그 안에 다나에를 가두었다. 그렇게 그녀가 누구와도 접촉하지 못하게 했다. 하지만 다나에가 자란 뒤 황금 비로 변한 제우스 신이 구멍을 통해 동굴에 들어가 그녀를 잉태시켰다. 그녀는 남자아이를 낳았고 그 아이의 이름은 페르세우스였다.

이 일을 알고 아르고스 왕은 무척 상심했다. 그래도 다나에와 페르세우스 모자를 차마 죽일 수가 없어 그들을 나무 상자에 넣어 바다에 흘려 보내게 했다. 이때 아르고스 왕은 다나에에게 말했다.

"도저히 내 손으로 너를 죽이지는 못하겠다. 네가 돌아오지만 않으면 이미 죽었다고 생각하마."

하지만 일은 그가 생각한 대로 흘러가지 않았다. 다나에와 페르세우스는 바다 위를 떠돌다가 세리포스섬에서 딕티스라는 어부에게 구조되었다. 그 후로 페르세우스는 딕티스의 보호 아래 용감한 청년으로 자랐다. 그런데 세리포스섬의 폭군 폴리덱테스가 다나에에게 반해 그녀를 어떻게든 아내로 삼으려 했지만 그녀 곁에 페르세우스가 딸린 것이 못마땅했다. 그래서 어느 날 페르세우스에게 말했다.

"나는 네 어머니와 결혼해서 그녀와 너를 행복하게 해주고 싶다. 하지만 우선 내 백성들이 네 어머니를 좋아하고 존경하게 만들어야 한다. 그래서 결혼식에 특별한 선물을 준비해 사람들을 기쁘게 해 줬으면 한다. 가까운 바다에 이상한 작은 섬이 있는데 거기에 흉측한 여자 괴물 셋이 산다. 네가 가서 그 괴물들의 머리를 가져와 나와 네 어머니의 결혼 예물로 삼으면 좋겠구나."

페르세우스는 흔쾌히 응낙했다.

"그게 뭐 어려울 게 있나요?"

그리스 신화에는 이렇게 충동을 못 참고 화를 자초하는 젊은이가 너무나 많다! 작은 섬의 그 여자 괴물들은 누구든 자신들을 보기만 하면 돌로 만들어 버리는 신기한 능력이 있었다. 확실히 그 폭군은 페르세우스를 그 섬으로 보내 돌이 되게 함으로써 다시 못 돌아오게 하려는 속셈이었다. 하지만 그의 계획은 수포로 돌아갔다. 그는 페르세우스가 사실 제우스의 아들이어서 다른 신의 도움과 보호를 받는다는 것을 알지 못했던 것이다.

결국 페르세우스는 정말로 세 명의 여자 괴물을 처치하고 결혼 예물로 그들의 머리를 가져왔다. 하지만 돌아와서 보니 결혼식이 아예 무산된 것이 아닌가. 다나에가 폭군의 아내가 되기 싫어 자신을 구해 준 어부 딕티스와 도망쳤기 때문이었다. 이에 페르세우스는 그 세 여자 괴물의 머리를 들고서 폭군의 궁전에 들이닥쳤고 아직 사라지지 않은 그 머리의 마력으로 인해 폭군을 포함한 궁 안의 모든 이들이 순식간에 돌로 변했다.

페르세우스는 다나에와 딕티스를 찾아서 데려와 딕티스를 왕으로, 다나에를 왕비로 세웠다. 그런데 다나에는 자기 아버지가 너무 보고 싶어 페르세우스와 함께 아르고스로 돌아가지만 뜻밖에도 거기에는 그녀의 아버지가 없었다. 아버지는 이미 다른 사람에게 왕위를 빼앗기고 추방되어 행방을 알 수가 없었다. 바로 그때 두 사람은 근처의 섬에서 운동 대회가 열리고 있다는 소식을 듣는다. 젊고 충동적인 페르세우스는 당연히 그 대회에 가서 참가하고 싶어 했다.

"나는 가야겠어요. 나보다 더 힘센 사람은 없잖아요."

대회장에 갔더니 마침 경기가 진행 중이었고 종목은 원반던지기였다. 하지만 페르세우스는 종목을 투창으로 착각하고 즉시 투창을 손에 들고서 휙, 하고 허공에 날렸다. 하지만 투창을 날리는 순간, 그는 다른 사람들의 손에 원반이 들린 것이 눈에 들어와 정신이 흐트러졌고 그 바람에 투창이 잘못 날아가 한 관객을 맞히고 말았다. 그렇게 불운하게 투창에 적중되어 땅 위에 쓰러진 그 관객은 공교롭게도 그의 외할아버지였다.

페르세우스는 장사였으며 그의 가문에서는 여러 장

사가 배출되었다. 특히 그의 증손자인 헤라클레스는 지구도 들어 올릴 수 있을 만큼 힘이 셌으며 테베 성은 바로 헤라클레스가 지은 건축물이었다. 헤라클레스도 사연이 있었다. 그것은 그가 자신의 아내와 세 아들을 죽인 것이었다.

그리스 신화와 신탁

그리스 신화와 그리스 비극을 대조해 보기로 하자.

왜 그리스 신화가 존재했을까? 혹은 왜 그리스에는 그렇게 풍부한 신화가 있었을까? 주된 이유는 그리스인에게 신화를 이용해 이 세계의 현상을, 특히 자신들이 명확하게 귀납하고 해석할 수 없는 현상을 설명하는 습관이 있었기 때문이다. 왜 계절이 바뀔까? 왜 태양은 뜨고 질까? 왜 구름이 있을까? 왜 파도가 칠까? 왜 배는 항해할 때 뒤집히곤 하는 걸까? 이런 질문에 답하는 데 신화가 동원되었던 것이다.

이 세계를 앞에 두고서 인간이 가장 설명하기 어렵고 또 가장 못 참아 하는 것은 '우연'이다. 우연을 이해하기 어려운 까닭은 그것이 특별한 이유 없이 사태가 일어나는 것을 의미하기 때문이다. 예를 들어 우리가 길을 가다가 까닭 없이 삐끗해서 넘어졌다고 해 보자. 오늘날의 우리는 그 일을 의외이고 우연이라고 받아들일 수 있다. 하지만 옛날 사람은 강력한 사유와 이해의 힘이 있어야만 설명 없이 우연을 받아들일 수 있었다.

그리스 신화의 장점은 세계의 모든 일이 신의 의지가 개입한 결과라고 설명하는 것이었다. 그리스 신화의 전제는 우리가 보고 느낄 수 있는 이 세계 밖에 또 다른 세계가 존재하고 그것은 올림포스산 위의 신들이 사는 세계라는 것이었다. 신은 인간과 어떻게 달랐을까? 신은 훨씬 큰 능력으로 인간이 제어할 수 없는 각종 현상을 만들어 냈다. 인간이 만들지 못하는 모든 것은 신의 의지에서 비롯된다고 설명할 수 있었다.

이렇게 대단한 능력이 있었기에 필연적으로 신은 인간을 우롱할 수도 있었다. 상고 시대 사람들은 신의 세계와 신의 의지를 끌어들여 인간 세상의 불합리한 현상을 설명했다. 그래서 그들이 상상한 신의 세계는 불합리할 수밖에 없었다. 히브리인이 상상한 야훼는 언제 분노할지 모르고 대단히 변덕스러워서 그야말로 이해할 수도 예측할 수도 없는 존재였으며 사실 야훼 쪽에서도 인간이 자신을 이해하고 예측하는 것을 거부하고 금지했다. 그리스의 신도 마찬가지로 변덕스러웠다. 다른 점이 있다면 그리스에서는 신이 하나가 아니라 올림포스산 위에 여럿이 존재했다. 그들은 서로 말다툼을 하곤 했고 간혹 인간을 괴롭혀 그 화풀이를 했다.

그들 간의 말다툼이 인간과 무슨 관계가 있단 말인가? 왜 인간은 재수 없는 일을 당해야 하는가? 하지만 신화의 세계관은 우리와 무관한 많은 일들이 왜 우리에게 벌어지는지 설명해 줄 수 있었다. 그래서 그리스 신화가 이야기하는 것은 단지 신의 세계만이 아니었다. 더 중요한 것은 신과 인간의 상호 관계였다. 신과 인간의 상호 관계 속에서는 '신탁'이 핵심적인 역할을 담당했다. 미지의 거스를 수 없는 신의 의지 앞에서 인간은 필연적으로 마음을 졸였고 신이 도대체 무슨 생각을 하는지, 뭘 하려고 하는지 알고 싶어 했다. 그래서 인간은 신의 세계를 발명했다. 그것은 초월적인 인간 세계이면서 나아가 인간 세계를 통제하는 또 다른 존재였다. 이 밖에도 그리스인은 따로 중요한 것을 발명했는데, 그것은 바로 우리가 앞에서 여러 차례 언급한 '신탁'이었다.

신탁은 인간이 신의 생각을 이해하도록 도움을 주었다. 하지만 신이 인간에게 알려 주는 것이라 필연적으로 지극히 이상하고 애매한 성질을 띠었다. 만약 인간이 신탁을 알고서 신이 정하고 예시한 결과를 바꿀 수 있다면 신탁은 효력을 잃지 않겠는가? 인간은 신탁을 알아도 결국 그것이 예언한 결과를 바꾸지는 못했다. 그렇다면 알아도 아무 의미가 없는 신탁을 인간은 왜 계속 신에게 내려 달라고 했을까? 신탁을 알아 봤자 고통과 근심만 늘 뿐인데 말이다.

그리스 신화의 원형에서는 운명은 거스를 수 없다는 것을 명확히 표명했다. 그런데 소포클레스가 오이디푸스 이야기를 쓸 때는 운명에 관한 사유가 더 복잡하고 심오해진 동시에 더 풍부해졌다. 여기에서는 인간의 자유 의지 및 자유로운 행위와 신탁의 불변성 사이에서 생겨나는 충돌을 깊이 있게 다루었고 이것이 그리스 비극의 가장 핵심적인 관심이었다. 운명이라는 주제를 떼어 버리면 그리스 비극은 아예 성립할 수 없었다.

인간과 운명의 충돌

그리스 비극이란 무엇일까? 그리스인들의 머릿속 비극 개념은 우리가 일반적으로 알고 있는 비극tragedy과는 전혀 달랐다. 우리에게 비극은 예컨대 집에서 키우는 개가 죽는 것처럼 슬픈 일을 가리킨다. 하지만 그리스 비극은 그런 것이 아니었다. 그리스 비극은 한결같이 인간과 신의 힘겨루기와 관련이 있었고 나아가 운명과도 관련이 있었다. 그리스 비극은 인간이 어떻게 운명과 대결하는지를 보여 주었다.

인간과 운명의 대결에는 여러 가지 다양한 형식이 있다. 『오이디푸스 왕』은 그중의 한 형식으로 인간이 아무리 발버둥 쳐도 운명을 극복할 수 없는 것에 관한 거대한 비극이다. 극 중의 인물들은 모두 갖은 방법을 동원해 노력하고 발버둥 치지만 결국에는 운명에 굴복하고 만다. 오이디푸스는 끝내 정해진 운명에 따라 아버지를 죽이고 어머니를 아내로 삼았다. 자기가 절대로 원치 않은 일을 저지르고 말았다.

하지만 그리스 비극에는 또 다른 형식으로 인간과 운명의 대결을 보여 주는 정신이 존재한다는 것을 잊어서는 안 된다. 인간이 인간일 수 있는 가장 큰 특징이기도 한 그것은, 미리 결과를 알면서도 인간은 발버둥 친다는 것이고 또 발버둥 쳐도 소용없음을 알면서도 역시 발버둥 치지 않을 수 없다는 것이다.

『오이디푸스 왕』은 소포클레스가 쓴 '오이디푸스 3부

작'의 제1부이다. 이어지는 작품은 『안티고네』다. 안티고네는 오이디푸스의 딸로, 오이디푸스가 스스로 추방되기 전에 헤어지기 아쉬워했던 두 딸 중 장녀이다. 차녀는 이스메네였다.

『안티고네』는 오이디푸스 이야기의 연속이다. 오이디푸스와 이오카스테 사이에는 두 아들과 두 딸이 있었다. 두 아들은 나중에 복잡한 사정으로 서로 싸우다가 둘 다 죽고 말았다. 오이디푸스의 뒤를 이어 테베 왕이 된 크레온은 이 사건에 대해 판결하길, 형제 중 한 명은 마땅히 정상적인 장례를 치러 줘야 하지만 다른 한 명은 잘못을 저질러 비극의 원인을 제공했으므로 그 시체를 들판에 버려야 한다고 했다. 그리고 누구든 그 시체에 손을 대면 사형으로 다스리겠다고 공표했다.

『안티고네』의 서두를 보면 날이 아직 밝기도 전에 안티고네가 여동생 이스메네를 찾아가서 사람들의 눈을 피해 일부러 궁문 밖의 정원으로 그녀를 데려간다.

"나와 함께 가겠니?"

안티고네가 묻자 이스메네가 반문했다.

"어디에 가려고?"

"시신을 수습하러 갈 거야."

죽을 줄 알면서도 크레온의 명령을 어기고 안티고네는 남동생의 시신을 수습하러 가려고 한다. 극 전체가 안티고네의 의지를 둘러싸고 전개된다. 그녀는 어기면 안 되는 명확한 규정과 명확한 현실 조건이 있고 자신에게는 그것을 바꿀 힘이 없다는 것을 똑똑히 알고 있었지만 그래도 규정을 어기고 현실에 도전하지 않을 수 없었다.

안티고네는 그리스 비극의 정신을 상징하는 중요한 인물이다. 그녀의 행동과 결정은 그리스인이 무엇을 인간의 기준으로 보았는지 보여 주는 동시에 왜 그리스인이 비극에 승화와 정화의 효과가 있다고 생각했는지 알려 준다. 『안티고네』가 중요한 작품인 까닭은 그리스 비극의 또 한 가지 중요한 정신을 담고 있기 때문이다. 인간은 신이 아니고 신적인 능력은 없었지만 때로 신보다 더 존엄할 수 있었다. 신은 영원히 인간의 그런 존엄을 갖지 못했다. 제우스도, 아테네의 수호신이자 아테네인이 가장 좋아했던 아테나도 그런 비극의 경지에는 도달하지 못했다. 왜냐하면 신은 너무 자유로워서 무엇이든 원하는 대로 할 수 있었기 때문이다.

인간의 존엄은 인간의 부자유함에서 나오며 인간의 존귀함은 인간이 부자유한데도 발버둥 치며 자신의 자유를 개척하고 탐색하는 데서 나온다. 그런 개척과 탐색으로 인해 비참한 최후를 맞더라도 조금도 후회하지 않는 존재가 바로 인간이다. 부자유하고 자유를 추구하지 않는 상태에서 계속 살든, 노력하고 발버둥 치며 계속 저항하든 결말은 일치한다는 것을 처음부터 알고 있어도 의의만큼은 양자가 하늘과 땅 차이라고 생각한다. 인간은 부자유함 속에서도 포기하지 않고 자유를 추구하는 가운데 존엄과 존귀함을 얻는다. 이것이 바로『안티고네』같은 그리스 비극이 제시하는 인간의 정의이다.

비참한 결말을 예상하면서도 끈질기게 저항하다가 마침내 비참한 결말을 맞이하는, 이런 '인간적 태도'의 가장 핵심적인 관념이 바로 하루키가『해변의 카프카』에서 다루려고 한 '책임'이다. 운명에 저항하는 사람은 결국에는 실패할지라도 스스로를 위해 결정을 내리고 그 결정에 책임을 진다. 절대로 무책임하게 자신을 운명의 손에 내맡기지 않는다.

그래서 비참한 결말에 또 다른 의미가 생긴다. 그것이 신에게, 그리고 운명에 저항한 대가라는 것이다. 신이 멋대로, 주관적으로 규정한 것이 아니라 인간의 저항과 반항이 불러온 징벌이라는 것이다. 이는 인간의 행위와 결과에는 그에 상응하는 책임이 따른다는 것을 의미한다. 이리저리 물결치는 대로 흘러가다 마지막에 다다른 사람의 가장 큰 문제는 자기 인생에 아무런 부담도 책임도 없다는 것이다.

운명에 저항할 수 있는 가능성

하루키는 『해변의 카프카』 상권에서 『오이디푸스 왕』에 대한 평을 삽입했고 하권에서도 그랬다. 그가 훌륭한 작가일 수 있는 것은 우선 그가 민감하고 사유에 능한 독자이기 때문이다. 그래서 우리가 보통 『오이디푸스 왕』을 읽으면서 혹시 놓칠 수도 있는 포인트를 읽어 냈다.

오이디푸스는 아버지를 죽이고 어머니를 아내로 삼기는 했지만 그런 행위들은 그 자신에게는 의미가 없었다. 단지 운명의 장난이고 운명이 그를 도구로 삼아 구현해 낸 것일 뿐이었다. 오이디푸스의 가장 큰 비애는 바로 자신이 무고하다는 데 있었다. 라이오스를 죽이고 이오카스테를 아내로 삼았지만 그는 사정을 몰랐고 무고했다. 보통 이와 같은 내용이 우리가 읽어 내는 메시지이다. 하지만 하루키는 여기에 머물지 않고 추적과 사유를 이어 나간다. 아버지를 죽이고 어머니를 아내로 삼은 행위는 정말로 오이디푸스 자신과 무관했고 또 정말로 그는 무고했을까? 하루키는 소설을 통해, 특히 소설 속 모자 관계의 이야기를 통해 끈질기게 이 문제를 사유한다.

열다섯 살의 다무라 카프카가 집을 떠나야만 했던 것은 그의 마음속에 풀리지 않는 의혹과 고통이 있었기 때문이다. 집을 떠날 때 그가 갖고 있던 사진 속에는 어릴 적 그와 어머니, 누나가 함께 있었으며 그 사진은 그가 네 살 때 어머니가 그의 곁을 떠나기 전에 찍은 것이었다. 그의 의혹과 고통은 왜 어머니가 자신을 버렸느냐는 데서 비롯되었다. 누나는 어머니의 친딸이 아니었다. 그런데도 어머니는 그를 남겨 둔 채 누나만 데리고 떠났다. 아무리 결혼과 가정이 싫었다고 해도 왜 그를 데려가지 않은 걸까? 그리고 왜 그 대신 친딸도 아닌 누나를 데려간 걸까? 이 열다섯 살 소년이 겪은 모든 것은 주로 이 깊은 의혹과 상처에서 비롯되었다. 그는 확실히, 의심할 여지 없이 어머니에게 버려졌다. 그렇다면 어떤 중요한 이유가 있었기에 그녀는 그를 버릴 수밖에 없었을까? 그는 물어봐야 했고 답을 꼭 알아야만 했다.

다무라 카프카의 의혹과 상처에 초점을 맞추어 하루키는 우리를 자극하고 오이디푸스 이야기의 또 다른 측면을 생각하게 일깨운다. 그 두 사람, 즉 라이오스와 이오카스테는 운명의 위협을 받고서 너무나 당연한 듯 행동했다. 갓 태어난 아기를 발꿈치에 못을 박아 죽음으로 내몰았다. 그들은 심지어 신화적 원형에서 아르고스 왕이 그랬듯이 차마 손을 쓸 수 없어 아이의 운을 시험해 보려고도 하지 않았다. 꼭 그랬어야 했을까? 그들은 뭘 믿고 그렇게 당연하게 친자식을 버린 걸까? 오이디푸스는 나중에 자신이 그렇게 버려진 것을 알고 무슨 생각이 들었을까? 극 중에서 그는 미처 그 생각을 표현할 겨를이 없었다.

하루키는 이 점을 놓치지 않았다. 그의 소설은 마치 『오이디푸스 왕』이 끝나고 그 연속선상에서 시작된 것 같다. 스스로 두 눈을 찌르고 테베 성을 떠나서 홀로 암흑 속을 걷게 된 오이디푸스는 분명 라이오스와 이오카스테가 왜 그렇게 쉽게 자신을 버렸는지, 또 왜 그렇게 쉽게 자신을 죽이자고 결정했는지 의문이 생겼을 것이다. 이런 각도로 보면 오이디푸스가 아버지를 죽이고 어머니를 아내로 삼은 행위는 다른 의미로 읽힌다. 라이오스와 이오카스테는 아무 죄도 없었을까? 그들은 그저 운명의 장난을 피하지 못한 불쌍한 이들일까? 그들은 운명을 피하는 것을 택했지만 결국 피하지 못했는데, 그렇다고 설마 운명을 피한 책임을 질 필요가 없을까?

운명은 신탁에서 비롯되었지만 운명을 피하려고 친아들을 버린 결정은 라이오스와 이오카스테, 그들 자신이 내렸다. 극 중에서는 이 점이 이야기되지 않지만 하루키는 『해변의 카프카』에서 많은 분량을 할애해 공들여 이 일을 논의한다. 이 관점으로 『해변의 카프카』를 읽다가 나는 저절로 이런 생각이 들었다. 도대체 어떤 사람이 어떤 삶을 겪으면 오이디푸스 이야기를 이런 각도로 파고들고 또 다무라 카프카의 회의와 상처 같은 것을 생각해 낼 수 있을까? 이것은 순전히 소설가의 특이한 상상력에서 나왔을까?

하루키는 여태껏 아버지 이야기를 한 적이 없고* 결혼을 하긴 했어도 아이가 없다. 여기에는 그가 독자와 소통하고 공유하고 싶어 하지 않는 삶의 비밀이 숨어 있을 것이다. 나 역시 그 비밀이 도대체 무엇인지 알고 싶지 않다고 말할 수밖에 없다. 왜냐하면 소설 속에 쓰인 회의와 상처만으로도 이미 충분히 그의 두려움과 괴로움이 느껴지기 때문이다.

---

* 하루키는 2020년 4월에 비로소 처음으로 아버지 무라카미 지아키를 추억하는 산문집 『고양이를 버리다』를 출간했다. 아버지와 20년 이상 절연하고 살다가 아버지의 임종 전 어렵게 화해한 그로서는 공개적으로 아버지 이야기를 꺼내는 것이 어려웠을 것이다.(옮긴이)

공자의 열정과 반역

그리스 비극의 운명에 대한 저항 정신에 이어서 이제 동양으로 눈을 돌려 지금으로부터 2천 년 전 공자는 어떻게 운명과 인간의 역할을 대했는지 살펴보기로 하자.

오랫동안 나는 오늘날 공자를 둘러싼 상황에 대해 강한 의분을 느꼈다. 그는 정말 대단한 인물이지만 매우 불공정한 오해를 받았으며 오히려 그를 숭배하는 사람일수록 더 그를 이해하지 못하곤 했다. 자신이 살던 춘추 시대의 환경에서 공자는 사실 지극히 반역적인 인물이었다. 오늘날에는 케케묵은 말이 돼 버린, "아침에 도를 들으면 저녁에 죽어도 좋다."朝聞道, 夕死可矣는 자세히 곱씹어 보면 실로 열정적이고 격앙된 선언이다. 공자의 본래 맥락 속으로 돌아가 본다면 그는 과연 무엇을 표현하려 한 걸까? 그것은 매우 간단하고 단도직입적이다. 인간 세상에 존재하는 어떤 것을 자기 손에 넣을 수만 있다면 당장 죽어도 여한이 없다는 것이다.

이것은 서양 낭만주의의 극성기에 시인 바이런이 밝힌 기본 정신과 일치한다. 그는 인간의 열정적인 추구 속에서 몇 가지 목표는 삶을 초월하며 그런 목표야말로 우리의 열정을 자극하고 우리가 추구할 만한 가치가 있다고 했다. 공자는 삶을 초월하는 그런 목표를 항상, 지속적으로 이야기했다.

삶의 가치에 대한 공자의 또 다른 포인트는 "안 될 줄 알면서도 하는"知其不可而爲之 것이었다. 그는 현실을 모르는 사람이 아니었다. 진지하면서도 예민하게 현실을 관찰했으며 자신이 추구하는 목표를 그 시대에 실현하는 것과 관련해 현실과 동떨어진 환상은 절대 품지 않았다. 나아가 혼자 힘에 의지해 성공적으로 시대를 바꿔 놓았다. 후대에 그를 '소왕'素王*으로 그려 낸 견해들은 이런 그의 자기 인식에서 완전히 벗어나 있다. 그가 특별히 "안 될 줄 알면서도 하는" 것을 강조한 것은 결과가 좋을 리 없다는 것을 뻔히 알면서도 계속 밀고 나간다는 것으로 이는 틀림없이 열정적인 사람만이 할 수 있는 말이다.

공자의 수제자 자로子路도 열정적이고 충동적인 인물이었다. 자로는 공자보다 겨우 아홉 살 밑이어서 두 사람의 관계는 사실 사제와 친구의 중간에 해당했다. 『논어』와 훗날의 『공자가어』孔子家語**에는 자로의 개성을 알려 주는

---

* 왕의 덕이 있으나 왕의 지위는 없는 인물을 가리킨다. 서한 시대 『회남자』(淮南子)에서 공자를 가리켜 "오직 도를 가르치는 일을 행하여 소왕이 되었다."(專行教道, 以成素王)라고 했으며 유가만을 존숭한 동중서(董仲舒)도 "공자는 『춘추』(春秋)를 지을 때 먼저 제왕의 일을 규정하고 그것에 모든 일을 연계시킴으로써 소왕의 법도를 드러냈다."(先正王而繫萬事, 見素王之文焉, 孔子作)라고 했다.

** 공자와 그의 제자들의 생애를 기록한 저작으로 삼국 시대 위나라의 왕숙(王肅)이 정리해 완성했으며 현재 10권으로 전해진다. 많은 학자들이 이 책이 위작이라고 지적하지만 그래도 유가 사상 연구

기록이 많이 남아 있다. 자로는 스승의 기분을 맞추는 말은 단 한마디도 해 본 적이 없었다. 그가 가장 잘하는 말은 스승의 의견을 의심하거나 반대하고 심지어 비웃는 말이었다.

삶의 마지막 순간까지 자로는 그런 충동과 진실한 성정을 간직했다. 위衛나라에 큰 난이 일어나 위나라 군주 부자가 왕위를 두고 다투었다. 이 동란 때문에 자고子羔라는, 공자의 성실하고 충후한 또 한 명의 제자가 위나라에서 탈출하려 했다. 그런데 위나라를 벗어나기 직전, 거꾸로 위나라로 들어오는 자로와 마주쳤다. 자고가 들어가면 안 된다고 말렸지만 자로는 듣지 않았다. 당시 그는 위나라 대부의 가신이었으므로 위나라가 어려움을 당했는데 가지 않으면 안 된다는 것이었다. 그것은 그의 원칙이었다.

공자는 나중에 그 일을 전해 듣고 당혹해하며 말했다.

"시柴는 오고 유由는 죽는구나!"柴也其來, 由也死矣

'시'는 고시高柴, 즉 자고였고 '유'는 중유仲由, 즉 자로였다. 자고는 돌아왔지만 자로는 끝장이라는 뜻이었다. 과연 자로는 위나라의 그 동란에서 피살당했다. 죽기 전 그가 마지막으로 한 일은 싸우는 도중에 끊어진 갓끈을 새로 고쳐 매고 "군자는 죽더라도 관은 벗지 않는다."君子死, 冠不免라

에서 중대한 가치가 있다고 생각하는 학자도 있다.

고 말한 것이다. 태연히 죽음을 맞이한 것만 해도 대단한데 예의를 생사보다 더 중요하게 여긴 것이다. 그리고 자로는 그런 행위를 통하여 자신을 죽이는 자들에 대한 경멸을 죽기 직전까지 표현했다. 다시 말해 그들이 예의를 모를 뿐만 아니라 더 나아가 왕위를 놓고 부자끼리도 칼을 부딪치는 것을 풍자한 것이다. 그해에 자로는 예순세 살이었으니 사실 집에서 편안히 천수를 다 누려도 되는 노인이었다. 하지만 그는 여전히 충동적이고 열정이 가득했다.

공자와 그의 제자들은 강한 정신력으로 기본 원칙들을 지켰으며 원칙을 지킨 것으로 인한 결과에 그리 연연하지 않았다. 원칙을 지키는 것은 그 자체가 목적이지 수단이 아니었으므로 어떤 결과를 노리고 원칙을 지킨 것이 아니었다.

현대 신유가*에서는 이런 정신을 '도덕적 자주성'이라 부른다. 우리는 도덕의 결과가 어떨지 확신할 수 없지만 도덕의 동기와 도덕적 원칙의 준수는 남이 간섭하지 못하고 전적으로 우리 자신이 결정권을 갖는다. "원칙을 지키고 결과를 따지지 않으며" "안 될 줄 알면서도 하는 것"은 춘추 시대의 원시 유가부터 오늘날까지 전해져 온 중요한 정신이다. 이런 정신에는 자로의 죽음에서 보이듯이 어

* 신유가의 기원인 웅십력(熊十力)을 비롯하여 모종삼(牟宗三), 당군의(唐君毅), 서복관(徐復觀), 장군매(張君勱), 양수명(梁漱溟), 풍우란(馮友蘭), 방동미(方東美)를 '신유가 팔대가'라고 부른다.

떤 비장함이 내재해 있다. 하지만 이 비장함은 그리스 비극과는 달랐다.

왜 비장함은 있고 비극은 없었을까? 공자는 처음부터 결과에 대한 고려는 배제하고 원칙을 지키는 것과, 원칙을 지키는 방법에 대한 결정을 결과가 방해하지 못하게 했다. 이것이 의미하는 것은 이렇다. 결과를 알아도 나는 그렇게 할 것이고 결과를 몰라도 나는 그렇게 할 것이다. 소망이 결국 이뤄질 것을 알아도 나는 그렇게 할 것이고 소망이 결국 이뤄지지 않을 것 같아도 나는 그렇게 할 것이다. 공자는 '명'命에 관한 논의를 즐겼는데, 이것은 그리스 비극에서 '운명'과 '숙명'이 중요한 역할을 하는 것과 뚜렷한 대비를 이룬다. 위나라로 들어갈 때 자로의 마음속에는 앞으로 결과가 어떻게 될 것인지, 자신의 목숨이 어떻게 될 것인지에 대한 계산은 전혀 없었다. 오직 자신이 꼭 해야 할 일을 하고 있다는 것만 염두에 두었다. 여기에는 비장함이 가득하지만 그리스식의 비극은 아니다.

용감함이 가장 큰 고통을 초래한다

중국 고전의 비장함에 대응하여 우리는 한 걸음 더 나아가 하루키가 그리스 비극의 방식을 사용했으며 오이디푸스 이야기를 인용해 『해변의 카프카』의 잠재적인 배경으로 삼았음을 확인할 수 있다. 하루키는 오시마 씨의 입을 빌려 그 말을 적었다. 오시마 씨는 다무라 카프카의 눈을 들여다보며 다음과 같이 말했다.

"자, 내 말 잘 들어, 다무라 카프카 군. 네가 지금 느끼는 것은 수많은 그리스 비극의 동기가 되기도 한 거야. 인간이 운명을 선택하는 것이 아니라 운명이 인간을 선택한다. 그것이 그리스 비극의 근본을 이루는 세계관이지. 그리고 그 비극성은—이것은 아리스토텔레스가 정의하고 있는 것이지만—아이러니컬하게도 당사자의 결점에 의해서라기보다는, 오히려 당사자의 장점을 지렛대로 해서 그 비극 속으로 끌려들어 가게 된다는 거야. 내가 말하는 걸 이해하겠어? 다시 말하면 인간은 각자가 지닌 결점에 의해서가 아니라 미질美質, 즉 타고난 장점이나 아름다운 성질에 의해서 더욱 커다란 비극 속으로 끌려들어 가게 된다는 거야. 소포클레스의 『오이디푸스 왕』이 그 뚜렷한 본보기라고 볼 수 있어. 오이디푸스 왕의 경우, 게으름이나 우둔함 때문이 아니라 그 용감성과 정직함 때문에 비극이 초래되었거든. 거기에서 불가피하게 아이

러니가 생겨나는 거야."(『해변의 카프카』 상권, 353쪽)

이것은 그리스인의 세계관에서 정말로 가장 특별한 점이었다. 그들의 독특한 신인神人 이원 구조에 따르면 신은 마음대로 인간사에 관여할 수 있었으며 이는 결과를 신경 쓰지 않는 공자의 태도와는 전혀 달랐다. 그리스인은 인간의 주관이 흔히 정반대의 객관적 결과를 초래한다는 것을 믿거나 혹은 적어도 비극 안에서 그것을 계속 표현했다. 좋은 일을 하려는 노력이 나쁜 일의 진정한 근원이 되곤 했으며 인간의 주관은 운명을 벗어나지 못하는 운명의 도구일 뿐이었다. 인간이 아무리 노력해도 결국에는 운명의 불가항력을 증명해 줄 따름이었다.

그리스 비극이 좀 더 장렬하다. 그들의 '안 될 줄 알면서도 하는 것'은 운명이 그토록 엄밀한 줄 알면서도 저항하는 것이었다. 『오이디푸스 왕』의 가장 심각한 비극성은 어디에 있을까? 그건 바로 극이 시작되기도 전에 이미 오이디푸스에 대한 신탁의 예언이 실현된 데 있다. 그는 벌써 10년 전에 세 갈래 길목에서 아버지 라이오스를 죽이고 어머니 이오카스테를 아내로 삼았다. 바꿔 말해 이 비극의 핵심은 오이디푸스가 운명에 구속받는 데 있지 않고 운명이 이미 발생하고 실현된 데 있다. 단지 운명의 관점으로만 본다면 태양신 아폴론은 자신이 옳다는 것을 증명했으며 신탁은 진작에 그들을 우롱함으로써 그들이 운명에서 벗어나 비극의 발생을 피하려고 노력하다가 결국에는 거꾸로 비극 속으로 굴러떨어지게 만들었다.

만약 운명의 조종에 관해 이야기하는 것이 아니라면 『오이디푸스 왕』은 도대체 무엇에 관해 이야기하고 있을까? 이 비극은 더 잔혹한 것, 즉 오이디푸스가 이미 운명의 계획에 걸려든 것에 관해 이야기한다. 극 중에서 발생하는 일은 모두 운명에 의해 그의 눈앞에서 폭로된다. 그것은 계시였고 비밀스러운 일이 밝혀지고 공개되는 것이었다. 가장 심각한 비극은 오이디푸스가 아버지를 죽이고 어머니를 아내로 삼은 것이 아니라, 자신의 용감함과 정직함 때문에 그가 테베 성에서 전염병을 몰아내는 과정에서 끝내 자신에게 가장 큰 고통을 초래한 데 있다.

그는 자기가 아버지를 죽이고 어머니를 아내로 삼았다는 것을 알게 되었다. 운명에 우롱당한 그 무시무시한 일은 벌써 10년 전에 일어나기는 했지만 말이다. 그런데 가장 쓰라린 슬픔은 어쨌든 자기가 그런 짓을 저질렀고 자기와 주변 사람들이 그토록 공을 들이고도 운명을 피하지 못했음을 안 것에서 비롯되었다. 이것이 운명과 인간의 관계에 대한 그리스인의 특이한 이해이다.

우리가 손쓸 수 없는 일들

그리스인에게 가장 공포스러운 저주는 그가 운명 속에서 단 한 발자국도 벗어날 수 없음을 깨닫게 해 주는 것이었다. 운명은 인간을 조종할 뿐만 아니라 운명이 어떻다는 것을 드러내 보여 주려 한다. 그리스 신화에는 몇 가지 유명한 벌이 있는데 그중 하나가 시시포스가 받은 벌이다. 그는 쉬지 않고 큰 바위를 산 정상까지 밀어 올리는 벌을 받았다. 그런데 그 바위는 정상에 닿으면 꼭 아래로 굴러 떨어져서 어쩔 수 없이 산자락에서부터 다시 밀어 올려야 했다. 프로메테우스도 시시포스와 비슷한 벌을 받았다. 그는 불을 훔쳐 인간에게 몰래 준 탓에 독수리에게 간을 쪼여 먹혔다. 그런데 그의 간은 다 먹히고 나면 바로 본래대로 회복되었기 때문에 간을 쪼이는 고통이 끝나지 않고 영원히 반복되었다.

트로이 왕의 딸 카산드라가 받은 벌도 특이하다. 그녀는 아폴론의 눈에 들어 신만이 가질 수 있는, 미래를 정확히 예언하는 능력을 선물로 받았다. 그런데 그녀가 구애를 거절하자 아폴론은 홧김에 또 다른 선물도 주었고 그것은 당연히 무시무시한 선물이었다. 카산드라는 여전히 정확하게 미래를 내다보았지만 아무도 그녀의 예언을 듣지 않았고 또 아무도 그녀를 믿지 않았다.

가장 무서운 것은 신비하거나 알려지지 않은 일이 아니라 우리가 전혀 손쓸 수 없고 벗어날 방법도 없는 일이다. 예를 들어 카산드라는 자신의 예언을 아무도 안 믿어주는 바람에 자기가 예언한 무서운 사건이 일어나는 것을 빤히 보고만 있어야 했다. 이런 유사한 이야기들은 사실 동일한 종류의 비참한 운명을 펼쳐 보이곤 한다. 그리고 이른바 비참한 운명에서 두려운 것은 역시 신비한 일이 아니라 우리가 다 알면서도 손쓸 수 없는 일이다. 이것이 바로 『해변의 카프카』에 나타나는 '오이디푸스적 상황'이다.

그런데 『해변의 카프카』에서 하루키는 『오이디푸스 왕』 외에 다른 것도 이용했다. 그것은 바로 카프카이다.

제6장 삶의 고통이 갖는 의미

카프카의 「유형지에서」

카프카는 『해변의 카프카』의 어디에 나오는가? 거기에서는 왜 카프카를 언급해야 했을까? 이것도 건드리지 않을 수 없는 커다란 문제이다. 소설에서 처음 카프카가 언급되는 부분은 역시 독자들이 주인공 겸 화자의 이름이 다무라 카프카라는 것을 알게 될 때이다. 『해변의 카프카』 상권 106쪽에서 그는 도서관 직원 오시마 씨에게 작은 도움을 받게 된다. 이때 자기 이름이 다무라 카프카라고 말하자 오시마 씨는 이상한 이름이라고 하면서 "너는 프란츠 카프카의 작품을 몇 편 읽었겠지?"라고 묻는다. 다무라 카프카는 고개를 끄덕였다.

"『성』과 『심판』과 「변신」 그리고 이상한 처형 기계가 나오는 이야기인데……."

오시마 선생은 그 소설이 「유형지에서」라고 알려 준다.

"내가 좋아하는 소설이야. 세상에는 많은 작가가 있지만 카프카 이외의 어느 누구도 그런 이야기는 쓸 수 없지."

다무라 카프카도 동의했다.

"저도 단편 중에서는 그 이야기를 제일 좋아합니다."

다무라 카프카와 오시마 씨가 보기에 카프카를 대표하기에 부족함이 없는 가장 중요한 작품은 「유형지에서」였다. 하루키는 작품 고르는 눈이 있는 동시에 정말로 까다롭다. 카프카 작품을 사랑하고 연구하는 사람이라면 누구나 난해하다고 인정하는 소설을 골라냈으니 말이다.

「유형지에서」는 한 탐험가가 유형지에 가서 겪은 일을 이야기한다. 소설 속에서 주인공은 처음부터 끝까지 '탐험가'라고만 불리고 다른 이름은 없다. 그에게 중요한 것은 오직 이방인이라는 정체성뿐이다. 탐험가는 법률 연구자로서 각지의 법률 문화를 고찰하고 있었으며 확실히 그런 이유로 그 유형지에 갔다. 누가 중죄를 지어 유형을 판결받으면 고향에서 멀리 떨어진 궁벽한 지역 또는 문명 세계의 변두리로 보내졌고 그런 곳을 '유형지'라 불렀다. 세계 역사상 가장 유명한 유형지는 바로 오스트레일리아이다. 과거에 영국은 사회에서 격리돼야 하는 수많은 중죄인들을 그들이 상상할 수 있는 가장 먼 곳, 즉 남반구의 오스트레일리아로 유형을 보냈다.

유형지의 한 가지 특징은 세계의 변두리, 적어도 문명의 변두리에 있다는 것이었다. 그 탐험가가 유형지에 도착했을 때 그곳은 막 중대한 변화를 겪은 뒤였다. 전임 사령관이 죽고 새 사령관이 부임한 것이다. 새 사령관은 탐험가가 온 것을 알고서 그를 초청해 사형 집행을 참관하게 했다. 죄수 한 명이 막 처형당할 예정이었다.

기괴한 처형 기계

사형장에서 탐험가는 기괴한 처형 기계를 발견한다. 한 장교가 그 기계의 관리를 담당했고 사병 한 명이 옆에서 그를 도왔다. 당연히 곧 처형당할 죄수도 거기 있었다. 이야기는 이 몇 명의 사람들 사이에서 전개된다.

장교는 탐험가에게 그 처형 기계를 보여 주면서 얼마나 아름답고 신기하냐며 대단히 열정적으로 자랑한다. 또 특별히 소개하길, 그 기계는 전임 사령관이 발명한 것으로 그가 엄청난 노력을 기울여 그 완벽한 기계를 설계하고 발명했다고 했다. 그러고 나서 장교는 뜻밖에도 새 사령관이 먼저 탐험가에게 그 기계를 소개해 주지 않은 것을 알고 깜짝 놀랐으며 그 기계를 너무 홀대하는 새 사령관을 원망하지 않을 수 없었다.

장교의 설명을 통해 독자들은 그것이 어떤 기계인지 상상할 수 있다. 그 기계는 두 층으로 나뉘며 아래층은 침상 부분으로 죄수가 옷을 다 벗고 그 위에 엎드리게 돼 있다. 그리고 침상 바로 위에 나란히 있는 위층은 이른바 '도안기'라는 것이며 여기에 연결된 써레가 수많은 바늘로 죄수의 몸에 글씨를 새긴다. 도대체 이 기계로 어떻게 형을 집행할까? 이에 대한 장교의 설명은 매우 간단했다.

"누가 무슨 죄를 짓든 이 기계가 써레로 그자의 몸에 죄명을 새깁니다."

외지에서 온 법률 전문가의 입장에서 탐험가는 장교에게 궁금한 것을 물었다.

"처형될 이 죄수가 어떤 죄를 저질렀고 어떤 방법으로 판결을 받았는지 알려 주실 수 있습니까?"

장교는 시원시원하게 답했다.

"물론이죠. 이자는 제가 판결했습니다. 이자는 당번병으로 매일 보초를 서야 했습니다. 그런데 밤에 보초를 서면서 잠을 자다가 중대장에게 들켰고 매를 맞았습니다. 하지만 잘못했다고 용서를 빌기는커녕 중대장을 붙들고 늘어졌고 심지어 협박까지 했지요. 이 때문에 중대장이 고발을 해 와서 제가 즉석에서 죄명을 판결한 겁니다. 이자의 몸에는 '상관을 존중하라.'라는 글씨가 새겨질 겁니다."

탐험가는 듣고서 이상하다는 생각이 들었다.

"하지만 죄수의 얘기를 들어 볼 필요는 없습니까? 다른 사람의 증언을 들어 볼 필요는요? 중대장의 말만 듣고 판결을 내려도 되는 겁니까?"

장교는 당당하게 말했다.

"죄수에게 물어보면 틀림없이 부인하겠죠. 그러고 나면 그 거짓말을 밝히느라 힘을 들여야 할 테고요. 하지만 그럴 필요는 없습니다."

탐험가는 기분이 불쾌해졌다. 여기는 정말 야만적이고 낙후된 곳이라는 생각이 들었다. 아마도 여기에는 유형을 온 죄수들만 있어서 법률 체계가 이렇게 엉망인 것 같았다. 하지만 그는 자기 생각을 입 밖에 내지 않았다. 장교는 과거에 전임 사령관이 있을 때는 사형 집행을 할 때마다 부근에 사는 사람들이 전부 구경하러 몰려왔다고 흥분해서 이야기했다. 그 전임 사령관은 직접 사형을 주재하기도 했으며 모두가 흥미진진하게 그 과정을 지켜봤다는 것이다.

장교는 글씨를 새기는 데 필요한 도면을 기계에서 꺼내 와 탐험가에게 보여 주며 물었다.

“알아볼 수 있습니까? 글자 말고 복잡한 장식 무늬도 있습니다.”

탐험가는 그 도면에 뭐가 있는지 알아볼 수가 없었다. 장교가 말했다.

“괜찮습니다. 좀 더 있으면 보일 테니까요.”

도면을 기계에 도로 집어넣고 장교는 사형 집행을 시작했다. 하지만 그때 기계에 묶인 죄수가 갑자기 토하는 바람에 기계가 지저분해졌다. 장교는 화가 머리끝까지 나서 자신의 사령관을 욕했다.

“사형 집행 전에 죄수에게 음식을 먹이면 안 된다고 내가 그렇게 말했건만! 음식만 먹인 게 아니라 불쌍하다고 단것까지 먹여서 이 꼴이 났지 뭡니까!”

기계가 오물에 더럽혀져서 바로 형을 집행할 수가 없었다. 장교는 어쩔 수 없이 탐험가에게 먼저 설명부터 해준다. 사형 집행은 꼬박 12시간이 걸리고 앞의 6시간 동안 죄수는 고통을 겪는다. 써레가 계속 바늘로 죄수의 피부를 찔러 피가 흘러나오는데, 옆의 조수가 이를 물로 깨끗이 씻어 내 계속 글씨가 새겨지게 한다. 그런데 그사이에도 희한하게 죄수는 식욕을 느낀다. 그래서 뜨거운 죽이 담긴 솥을 준비해 죄수가 엎드린 채 먹게 한다.

죄명을 알았을 때 느끼는 행복

6시간이 지나면 상황이 달라진다. 죄수는 고통을 느끼지 못하게 되며 일종의 기쁘고 행복한 상태에 빠져든다. 왜 그는 기쁨과 행복을 느끼는 걸까? 비로소 모든 일이 이해되기 때문이다. 죄수는 자기가 고통을 겪는 것이 기계가 자기 몸에 죄명을 새기고 있기 때문이라는 것을 깨닫는다. 이에 그의 심정은 새로운 단계에 진입한다. 그는 등에 새겨지고 있는 죄명을 해독하려 애쓰기 시작한다. 그렇게 다시 6시간이 지나면 마침내 등에 새겨진 죄명을 확실히 알게 되고 그때 사형 집행도 마무리된다. 12시간의 운행을 마친 그 위대하고 완벽한 기계는 써레로 죄수를 찍어 거대한 구덩이에 던져 버린다.

장교는 침을 튀겨 가며 열심히 얘기했지만 탐험가는 내심 크게 반대하는 입장이었다.

'맙소사, 이게 무슨 야만적인 형벌이란 말인가! 죄수가 공정한 재판도 못 받고 무슨 죄를 지었든 똑같은 형벌을 받다가 마지막에는 다 죽임을 당하다니!'

그는 이런 제도는 폐지해야 한다고 사령관에게 권고하기로 결심했다. 이런 그의 속내를 눈치챘는지 장교가 말했다.

"저는 왜 우리 사령관이 당신을 여기에 오게 했는지 알고 있습니다. 그는 당신의 권위를 이용하려는 겁니다. 나중에 모든 사람을 소집해 당신 앞에서 그들에게 이렇게 말할 겁니다. '우리는 세계 각지의 법률과 형벌에 조예가 깊은 전문가를 모셔 이곳의 법률과 형벌을 참관하게 했다. 이분의 의견을 들어 보기로 하자!'라고 말입니다. 그러고 나면 당신은 틀림없이 '이곳의 죄수는 공정한 판결도 마땅한 형벌도 받지 못합니다.'라고 말할 테고 사령관은 그 기회를 틈타 이 사형 제도를 폐지할 겁니다."

장교는 흥분해서 탐험가를 붙잡고 말했다.

"하지만 당신은 모릅니다. 전임 사령관이 꼼꼼히 설계한 덕분에 이 처형 기계는 얼마나 정교하고 훌륭한지 모릅니다. 예전에 사형 집행이 있을 때는 모두가 와서 마지막에 죄수의 얼굴에 행복의 빛이 떠오르는 것을 구경했습니다. 당신도 형벌의 결과를 본다면 틀림없이 저를 지지할 겁니다."

그리고 그는 한 가지 계책을 생각해 냈다.

"이렇게 합시다. 제일 좋은 방법은 우리가 연극을 해서 당신이 예상과는 달리 이 처형 기계를 싫어하지 않는다고 사령관이 오인하게 하는 겁니다. 그리고 결정적인 순간에 사령관이 어떻게 생각하느냐고 물으면 당신은 솔직하게 얘기하면 됩니다. '그 처형 기계는 정말 너무나 훌륭했습니다!'라고 말이죠."

탐험가는 이 제안을 거절했다. 처형 기계를 지지하는 것을 거부한 것이다. 장교가 다시 물었다.

"정말 그렇게 결정한 겁니까?"

"네, 제 생각은 그렇습니다."

장교가 갑자기 말했다.

"알겠습니다. 그러면 이제 때가 되었군요."

장교는 죄수의 결박을 풀어 기계에서 내려오게 한 뒤 말했다.

"가라, 너는 자유다."

이어서 장교는 가방에서 도면 한 장을 꺼내 탐험가에게 보여 주며 거기 무슨 글씨가 적혔는지 알아보겠냐고 물었다. 탐험가는 이번에도 알아보지 못했다. 장교는 거기에 '공정하라.'라고 적혀 있다고 말했다.

장교는 그 도면을 도안기에 장착한 뒤, 옷을 훌훌 다 벗고 처형 기계의 침상 위에 직접 올라갔다. 잠시 후 기계가 가동되기 시작했다. 장교는 죄수를 대신해 직접 처형됨으로써 탐험가에게 처형 기계의 놀라운 점을 보여 주려 했다. 그리고 탐험가가 그의 판결이 공정하지 못하다고 생각했기 때문에 그의 죄명은 '공정하라.'였다.

처음에는 기계가 잘 작동했다. 본래 끼익, 끼익, 하던 소리도 들리지 않았다. 그러다가 톱니바퀴 하나가 탕, 하고 튀어나왔고 다시 또 탕, 하고 다른 톱니바퀴 하나가 튀어나왔다. 그야말로 애니메이션 장면처럼 톱니바퀴가 이리저리 날아다녔고 마지막에는 기계 전체가 해체되었다. 그리고 굵은 바늘 두 개가 장교를 찔러 죽였다. 본래 그 바늘은 마지막에 내려오는 것인데 그만 오작동을 한 것이다.

탐험가는 기겁을 했지만 이미 돌이킬 수 없는 일이었다. 이윽고 그는 서둘러 그곳을 떠났고 도중에 일부러 전임 사령관의 묘지에 들렀다. 그 묘지는 한 카페 안에 숨겨져 있어서 의자를 치워야 겨우 볼 수 있었다. 그러고 나서 탐험가는 배에 올라 그 지역을 떠났으며 소설도 그렇게 끝이 난다.

이 「유형지에서」는 카프카가 생전에 발표한 작품이다. 확실히 그는 당시 이 작품이 완벽한 이야기라고 생각한 것이다.

난해한 재미

이 이야기는 무엇을 말하고 있는 걸까? 왜 이런 이야기를 하려고 한 걸까? 이에 관해서는 여러 사람이 다양한 해석을 내놓은 바 있다. 정말로 카프카의 가장 큰 매력과 그의 문학적 지위는 우리의 삶의 경험에서 사실 매우 중요한데도 쉽게 느낄 수 없는 일종의 '난해한 재미'를 그가 제공하는 데서 비롯된다.

책을 읽을 때 우리는 습관적으로 이해가 돼야 재미가 있다고 생각한다. 그런데 카프카의 소설은 끊임없이 우리의 이해를 방해하면서도 우리가 함부로 '이 대작은 대체 뭘 말하려는 거야?'라고 묻게 하지는 않는다. 우리가 이해하지 못하는 것들, 예를 들면 아인슈타인의 일반 상대성 이론과 특수 상대성 이론 혹은 비트겐슈타인과 러셀의 수리 철학 등에 대해 우리는 기껏해야 경외감을 느낄 뿐이지 무슨 재미를 느끼기는 어려우며 매료될 가능성은 더더욱 없다.

잘 모르겠는데도 마음속에서 어떤 목소리가 스스로에게 '좀 더 읽으면 더 많은 것을 알 수 있을 것 같아!'라고 말하게 하는 것이 카프카 작품의 특수한 매력이다. 그리고 「유형지에서」가 바로 그렇게 잘 모르겠는데도 손에서 놓을 수 없는 소설이다. 수십 년 넘게 수많은 사람이 「유형지에서」에 관한 해석을 제시했다. 하지만 내 생각에 그들 중 누구의 독법도 하루키와 일치하지는 않을 것이다. 하루키는 『해변의 카프카』 안에 「유형지에서」에 대한 해석을 적어 넣었다. 그리 명확하거나 직접적으로 말하지는 않았지만 그 두세 마디 암시를 자세히 진지하게 파고든다면 그 속의 의미가 자연스레 파악될 것이다.

『해변의 카프카』에서 다무라 카프카는 오시마 씨와 「유형지에서」에 관해 이야기를 나눈다. 그는 다음과 같이 말했다.

"카프카는 인간에게 주어진 상황에 대해서 설명하려고 하기보다는, 오히려 그 복잡한 기계에 관한 것을 순수하게 기계적으로 설명하려고 합니다. 다시 말하면 그렇게 함으로써 카프카는, 우리 인간에게 주어진 상황을 어느 누구보다도 생생하게 설명할 수 있었습니다. 상황에 대해 말하는 것이 아니라, 오히려 기계의 세부에 대한 설명으로 인간에게 주어진 상황을 잘 표현했지요."

하루키는 이 말을 독자들이 이해하지 못하면 어쩌나 걱정이 되었던 것 같다. 그래서 두 단락 뒤에 다시 다무라 카프카의 입을 빌려 다른 방식으로 설명한다.

카프카의 소설에 대한 나의 대답은 많든 적든 간에 아마도 그를 납득시킨 듯하다. 하지만 내가 정말로 말하고 싶었던 것은 전해지지 않았을 것이다. 나는 카프카의 소설에 대한 일반론을 말했을 뿐이다. 그 복잡하고 목적을 알 수 없는 처형 기계는 현실의 내 주위에 실제로 존재했던 것이다. 그것은 비유나 우화가 아니다. 하지만 아마 그것은 오시마 씨뿐만 아니라 누구라도, 어떤 식으로 설명해도 이해하지 못할 것이다.(『해변의 카프카』 상권, 107~108쪽)

"그것은 오시마 씨뿐만 아니라 누구라도, 어떤 식으로 설명해도 이해하지 못할 것이다."라는 말은 일종의 도발이다. 이해하지 못하는 그 '누구'에 우리가 속하는지, 속하지 않는지 두고 보겠다는 것이다. 한 작가에게 이렇게 노골적으로 도전을 받으면 독자인 우리는 다른 선택의 여지가 없다. 그냥 뒤로 물러서서 '당신 말이 맞아요, 난 이해가 안 가요.'라고 인정해서는 안 된다. 적어도 한번 시도는 해 봐야 한다. 「유형지에서」로 돌아가 곰곰이 생각해 봐야 한다.

고통 속에서 운명을 이해한다

그 기계는 우리 주위에 실제로 존재하며 비유나 우화가 아니다. 하루키는 다무라 카프카의 이 말을 통해 자신의 견해를 표명했다. 그 기계에 대한 카프카의 묘사는 그저 세부 묘사가 아니라 오히려 우리가 처한 상황에 대한 더욱 분명한 묘사라는 것이다. 그러면 우리가 처한 상황은 무엇일까? 오이디푸스와 운명에서부터 쭉 연결하여 생각해 보면 그 처형 기계가 전달하려는 것은 아마도 일반인인 우리가 삶 속에서 운명을 마주했을 때 경험하는 어떤 구체적인 느낌일 것이다. 좀 더 구체적인 언어로 바꿔 말한다면 인간의 일생은 모두 운명이 대체 우리 등에 뭐라고 새겼는지 애써 알아내려 하는 것이 아닐까?

그런데 어떻게 해야 우리 등에 뭐라고 새겨졌는지 알

수 있을까? 유일한 방법은 오랫동안 고통을 겪는 것이다. 오로지 고통 속에 있어야만 대체 무엇이 우리의 삶 속에 적혀 있는지 천천히 이해할 수 있다. 혹은 다시 운명의 언어로 말해 본다면 인간의 삶에서 가장 중요한 경험은 끊임없이 각양각색의 고통을 감당하고 발버둥 치며 자신의 운명을 이해하려고 하는 것이다. 그러면 언제 우리는 운명을 이해하게 될까? 어떤 것도 바꾸기에 너무 늦었을 때 비로소 운명이 무엇인지 알게 된다. 이것이 「유형지에서」의 그 복잡하면서도 용도가 불확실한 기계의 가장 주된 상징적 의미이다.

이렇게 유형지의 처형 기계가 가진 의미를 풀이하면 우리는 더 나아가 이 「유형지에서」라는 소설의 가능한 다른 함의도 풀이할 수 있다. 소설 속에서 전임 사령관과 새 사령관은 각기 다른 사고 논리를 갖고 있다. 전임 사령관의 논리는 '운명의 논리'인 동시에 삶의 총체적 논리이다. 하지만 새 사령관은 외지에서 온 그 탐험가와 마찬가지로 이성적인 논리 체계를 갖고 있다. 이 두 가지 논리는 결코 나란히 존재할 수 없으며 또 공정함에 대해 서로 완전히 다른 개념을 갖고 있다.

'운명의 논리'로 보면 공정함은 어디에 있을까? 그것

의 유일한 공정함은 누구나 죄명이 있고 똑같이 형벌을 받으며 마지막 순간에 자신의 운명을 이해하게 된다는 데 있다. 왜 내 운명이 이런가는 결코 공정의 개념에 포함되지 않는다. 우리에게는 왜 내 운명이 이러냐고 운명과 논쟁할 방법이 없다. 따라서 내 운명이 공정한지 아닌지도 논의할 수 없는데, 유일한 공정함은 내가 다른 모든 사람과 마찬가지로 모든 게 때늦은 시점에 내 운명을 알게 되는 것뿐이다.

새 사령관은 법률 전문가인 탐험가와 함께 세속적이면서도 일반적인 상황에 맞는 논리를 대표한다. 이 논리는 죄가 있어야 벌이 있고 죄에 따라 상응하는 벌이 주어진다는 것을 인정한다. 그리고 죄와 벌은 꼭 절차를 통해 결정돼야 하고 죄와 벌 사이에서 가늠하는 것이 공정함을 구성한다고 주장한다.

전임 사령관과 새 사령관이 각기 믿고, 관심을 갖고, 이야기하고, 표명한 죄와 벌은 서로 완전히 다른 차원에 속한다. 우리가 새 사령관과 탐험가의 사고방식을 이해하는 것은 어렵지 않다. 특별한 이유 없이 누구든 정당하고 공개적인 재판도 못 받은 채 처형 기계 위에 올라가는 게 말이 되는가! 그런데 그 처형 기계는 본래 현실적이고 세속적인 기계가 아니다. 그것이 상징하거나 흉내 내는 것은 우리 삶의 모든 외부 기제들, 즉 학교, 법률, 돈, 사회가 우리에게 줄 수 있는 벌보다 더 심오하고 핵심적이며 근본적인 것들이다.

우리 대다수는 살아가는 대부분의 시간 동안 단지 세속적인 논리 안에 있는 죄와 벌에만 주목한다. 누가 돈을 내고 강좌를 신청했는데 강사가 수업을 빼먹었으면 그에게 돈을 돌려주거나 보강을 해 줘야 한다. 이것이 우리가 일상적으로 신경 쓰는 공정함인 동시에 우리가 보통 알고 있는 공정함이다. 살아가면서 우리는 또 다른 차원의 공정함에 대해서는 의식할 일도, 생각할 필요도 없다. 아마도 대부분의 시간 동안 우리는 자신을 기만하며 삶에는 이런 죄와 벌만 존재하고 또 이것들만이 중요한 것처럼 살아갈 것이다. 이 사람은 법을 어겨 체포되고 저 사람은 살인범이라 가석방이 안 되는 것 등이 가장 중요하다고 믿는 것이다.

다무라 카프카를 통해 하루키는 카프카가 말하려는 것은 전혀 다른 것들임을 확인한다. 그것들은 모두 진지하게 파고들면 머리가 지끈거리는 것들이다. 예를 들면 다음과 같다. 왜 나는 이런 운명인가? 왜 나는 이런 사람인가?

나아가 삶 속에서 내가 좌절, 불행, 고통을 겪는 것은 공정한가? 의미가 있는가?

고통은 천국으로 가는 길

하루키는 확실히 카프카 작품의 핵심 의미를 파악했다. 카프카의 작품 중 다수는 인간의 고통을 이야기한다. 이것은 결코 인간의 고통을 묘사한다는 것이 아니다. 카프카의 작품은 고통의 묘사보다 훨씬 더 심오하다. 카프카는 대단히 민감하고 독립적인 사람이었다. 그가 20세기 초반의 급격히 변화하는 사회 환경 속에서 쓴 작품들은 어렴풋한 듯하지만 명확한 주제를 일관되게 갖고 있다. 그것은 바로 우리가 고통을 겪는 것이 도대체 무슨 의미가 있느냐는 것이다. 이 질문에 대해서는 과거에 아주 간단한 답이 있었다. 모든 것이 인과응보이고 우리의 고통은 자기 삶의 징벌이라는 것이다. 이 답은 매우 이해하기 쉽긴 하지만 간혹 사실의 검증 앞에서 무력해지곤 한다.

우리는 누구나 이기적이어서 본인은 벌을 받으면 안 된다고 생각한다. 그러면 다른 사람들을 둘러보자. 우리 주변에서 정확히 인과응보대로 사는 것 같은 사람이 몇 명이나 되는가? 몹쓸 사람은 높은 사람이 되고 호의호식하면서 툭하면 남을 짓밟는다. 우리처럼 착한 사람은 그의 부하가 돼서 매일 그의 눈치나 보며 산다. 인과응보의 관념이 설득력을 가지려면 보통 복잡한 요소를 많이 덧붙여야 한다.

그래서 인도인은 윤회를 이용해 전생과 이생의 끝없는 누적으로 모든 것을 설명했다. 당신이 지금 왜 이렇게 불쌍하게 사는 줄 아는가? 나쁜 짓을 저지른 적도 없는데 말이다. 알고 보면 당신이 알지도 기억하지도 못하는 전생과 또 전생의 전생에서 당신은 나쁜 짓을 저질렀으며 이생에 당한 일은 그로 인한 인과응보이다. 따라서 역시 일리가 있고 공평하다고 할 수 있다. 인과응보의 소박한 공평성을 보장하기 위해 윤회는 매우 유용한 보충 장치로 쓰인다.

하지만 윤회는 서양인이 찾은 답은 아니다. 서양인이 최초로 찾은 답은 오랫동안 가장 분명하게 받아들여진 것으로서 바로 하느님의 뜻이다. 하느님은 각양각색의 변형이 있을 수 있지만 그래도 변치 않는 것은 하느님이 인간이 느끼는 고통의 의미를 결정한다는 것이며 그 의미를 하느님은 알지만 인간은 꼭 알 수 있는 것은 아니다. 하지만 인간은 없는 곳이 없고, 못 하는 것이 없고, 못 보는 것이 없고, 모르는 것이 없는 하느님에게 분명 어떤 뜻이 있다고 믿어야 한다. 인간의 고통은 때로 자신의 행위가 아니라 하느님의 안배와 계획에서 비롯된다.

특히 유대교가 예수를 통해 기독교로 전환되는 과정에서 고통이 전혀 새로운 정의를 얻음으로써 또 다른 세계가 열렸다. 예수는 무엇 때문에 수난을 당했을까? 그는 왜 십자가에 못 박혔을까? 그가 나쁜 짓을 저질렀기 때문이 아니다. 그는 '무고하게 수난을 당했으며' 이는 모든 인간의 죄를 대속해 그들을 구원하기 위해서였다.

고통과 구속救贖이 예수의 예를 통해 한데 연결되었으며 고통받는 이들은 다 복을 누리게 되었다. 고통을 받는 것은 속죄의 점수를 쌓아 천국에 가까워지는 길을 의미했다. 인간 세계에서 고통스럽게 살면 살수록 영원한 하느님의 성에 들어갈 기회가 더 많아진다는 것이었다. 인간의 고통은 이처럼 명확한 방향과 의미를 갖게 되었다.

그래서 우리는 옛날에 마르틴 루터가 왜 교회 정문에 면죄부 판매에 항의하는 벽보를 붙이고 신교 개혁의 초점을 면죄부에 두었는지 비로소 이해할 수 있다. 왜냐하면 교회가 판매하는 면죄부는 예수가 개창한 고통의 의미에 위배되기 때문이었다. 면죄부는 사람들이 아무 고통 없이 인간 세계에서 마음껏 누리며 살아도 그냥 돈만 내면 고통을 피해 영원한 하느님의 성으로 들어갈 수 있게 해 주었다. 이것은 예수의 본래 교리에 어긋나는, 대단히 심각한 불공평이었다.

하느님을 믿지 않는 시대

카프카는 더 이상 그렇게 하느님을 믿지도, 고통의 의미를 확신하지도 못하는 시대에 살았다. 사람들은 계속 하느님을 믿을 수가 없었으며 하느님이 모든 것을 아는 존재로서 '아, 네가 오늘 겪은 고통은 38점이구나. 이웃의 그 녀석은 겨우 12점인데 말이다. 그는 지금 너보다 편안하고 의기양양하지만 그래도 괜찮다. 바로 그렇기 때문에 천국으로 가는 길에서 네가 그 녀석보다 26걸음 앞섰으니까.' 하는 평가와 기록을 게을리하지 않는다는 것도 믿을 수가 없었다. 결국 이런 개념은 더 이상 유지될 수 없었지만 신을 믿지 않게 됐다고 해서 인간이 진실로 마주하는 고통이 상대적으로 줄거나 고통스럽지 않게 변하지는 않았다. 하느님을 믿지 못하고 예전 같은 방식으로 계속 섬기지 못하게 되면서 인간의 고통은 완충 장치를 잃었으며 의미도 보장받지 못했다. 그래서 사람들의 마음은 거대한 혼란에 휩싸였다.

카프카와 그 시대의 사람들은 똑같은 혼란에 빠졌지만 카프카에게는 그것에 대처하는 뛰어난 용기가 있었다. 대부분의 사람들은 하느님을 잃고 나서 자연스럽게 각양각색의 대체품을 찾았다. 하지만 카프카가 쓰고, 밝히고, 드러내려 한 것은 아마도 고통이 정말로 무의미하다는 것이었다. 그는 자신의 글로 그 서술하기 어려운 내용을 계속 건드렸다. 솔직히 '무의미'를 무슨 방법으로 서술한단 말인가?

카프카의 글이 난해한 것은 근본적으로 그가 쓰려는 것과 글쓰기 자체의 목적이 상반되기 때문이다. 글쓰기는 본래 의미를 밝히거나 수립하는 것이 목적이지만 카프카는 글쓰기를 통해 우리가 믿고 고집하는 의미나 우리가 의미에 대해 갖고 있는 몇 가지 환상을 깨뜨려서 그 안의 무의미를 이해시키려 했다. 소설을 통해 무의미에 관해 이야기하는 것은 당연히 어렵다. 아마도 카프카처럼 그렇게 신비하고 애매하게 글을 쓴 작가는 몇 명 없을 것이다. 하지만 동시에 그의 소설처럼 그렇게 정확하게 그 시대의 가장 깊은 공포를 건드린 작품도 몇 편 없다. 카프카를 읽으면 읽을수록 우리는 인간이 겪는 고통의 의미에 대해 어떤 믿음을 가져야 할지 점점 더 알 수 없어진다. 카프카의 가장 큰 특색은 그의 용기이다. 그는 용감히 그런 무의미를 마주하고 드러냈다.

그래서 카프카는 모더니즘의 중요한 대표자이다. 현대로 접어들기 전 우리가 자신 있게 안다고 생각했던 것들을 그는 모두 끄집어내 탐색했다. 자신의 우화를 이용해 각양각색의 탐색을 진행했다. 그러고는 이런 질문을 던졌다. 당신은 아직도 이것이 매우 의미 있는 것이라고 생각합니까? 우리는 더 이상 확인할 수도 확신할 수도 없습니다. 단지 일일이 의심하고 일일이 우리 마음속의 공허를 처리할 수밖에 없습니다.

「법 앞에서」

카프카에게는 「법 앞에서」라는 또 한 편의 유명한 우화가 있다. 「법 앞에서」가 이야기하는 것은 '법'으로 여기에는 '법률'과 '율법'이라는 두 가지 의미가 있다. 카프카는 유태인이었으므로 민족 고유의 강한 율법 개념을 갖고 있었다. 「법 앞에서」는 대단히 짧은 우화이다. 어떤 시골 남자가 법의 문 앞에 가서 기웃거리다가 건장한 문지기를 보고 말을 걸었다.

"들어가도 되나요?"

문지기가 말했다.

"들어갈 수 없습니다. 적어도 지금은요. 당신이 들어가려고 하면 내가 여기서 지킬 겁니다. 나를 뚫고 지나가겠다면 한번 그렇게 해 보십시오! 그리고 설령 나를 뚫고 지나가도 내 뒤에는 다른 문지기가 있고 그 뒤에도 역시 문지기가 있습니다. 마지막 문지기는 나도 감히 똑바로 못 쳐다볼 정도로 무시무시합니다. 그러니 당신은 들어갈 수 없습니다만 뚫고 지나갈 수 있는지 시험해 볼 수는 있습니다. 당신이 그러겠다면 말이죠."

시골 남자는 키가 작고 말라서 뚫고 들어갈 엄두가 안 났다.

"알겠습니다. 그럼 지금은 못 들어가도 나중에는 들어갈 수 있나요?"

"나중에 들어갈 기회가 있을지도 모릅니다만 어쨌든 지금은 안 됩니다."

그래서 시골 남자는 법의 문 앞에 서서 문틈으로 안을 힐끔거리며 기다리고 또 기다렸다.

시골 남자는 갈수록 늙어 갔고 등이 굽어 몸을 못 펴는 지경에 이르렀다. 그가 들릴락 말락 하는 목소리로 문지기를 불렀지만 문지기는 들리지가 않아 그에게로 잔뜩 몸을 숙여야 했다.

“저는 곧 죽을 것 같아요. 아무래도 문에 들어갈 기회가 없을 것 같네요. 하지만 죽기 전에 한 가지 물어보고 싶은 게 있는데 대답해 줄 수 있나요?”

“물어보고 싶은 게 뭡니까?”

“법은 누구에게나 적용되는 게 맞지요? 하지만 제가 법의 문 앞에서 평생을 기다리는 동안 저 말고는 왜 아무도 법의 문 앞에 와서 들여보내 달라고 하지 않았죠?”

그 문지기는 말했다.

“간단한 질문이군요. 왜냐하면 이 문은 당신 한 사람을 위해 마련되었기 때문입니다. 이제 나는 문을 닫아야겠군요.”

이야기는 이렇게 끝이 난다. 나는 이 이야기가 무엇을 말하는지 설명하지 않고 단지 이 이야기가 독자들의 머릿속에 파고들게 할 것이다. 나는 누구든 이 이야기를 읽으면 모두 ‘이게 뭐지?’, ‘왜 이런 이야기가 있는 거지?’라며 어리둥절할 것이라고 믿는다. 법은 모두에게 적용된다든지, 법은 만인에게 평등하다든지 같은 기존의 간단하고 추상적인 개념이 더는 쉽게 믿어지지 않을 것이다.

이것이 카프카가 창조해 내는 심리적 효과이며 또 카

프카의 우화가 발휘하는 가장 강력한 작용이다.

카프카식의 비관적 스토리

『해변의 카프카』에서 주인공의 이름은 다무라 카프카이고 그가 다니게 된 고무라도서관의 관장 사에키 씨가 젊은 시절 만든 노래의 제목은 '해변의 카프카'이다. 이 노래는 사에키 씨가 남자 친구와의 행복한 사랑을 묘사한 것이었고 우연히 싱글로 발매되어 무려 2백만 장이나 팔렸다. 그런데 이런 행복의 정점에서 느닷없이 그 남자 친구가 대학 캠퍼스에서 프락치로 오인되어 운동권 학생들에게 각목으로 맞아 죽었다. 아무 이유도 의미도 없는 죽음이었다. 그렇게 하나의 완벽했던 행복이 갑자기 끝나 버렸고 그로 인해 다무라 카프카의 운명을 비롯한 훗날의 많은 일이 야기되었다.

소설 속의 「해변의 카프카」와 다무라 카프카를 하나로 연결하면 아마도 내가 왜 앞에서 「유형지에서」를 길게 소개했는지 이해가 갈 것이다. 하루키는 카프카가 우리에게 다음과 같은 메시지를 준다고 생각한다. 우리의 삶은 마치 처형 기계 위에서 겪는 과정과 같아서 설정된 죄명을 줄곧 읽지 못하다가 마침내 숨이 끊어지는 순간이 돼서야 운명이 드러내 보여 주는 진정한 답을 알게 된다는 것이다. 그 전까지 우리는 끊임없이 추측할 수밖에 없지만 그 추측이 맞는지는 알 도리가 없다.

『해변의 카프카』는 대단히 카프카적인 동시에 비관적인 이야기이다. 다시 말해 『오이디푸스 왕』 같은 그리스 비극식이면서 카프카식의 이야기로서 인간의 고통은 의미도 없고 특별한 근거도 없다는 입장을 갖고 있다. 『해변의 카프카』는 하층은 오이디푸스, 상층은 카프카인 두 층의 토대 위에 세워졌으며 그 핵심적인 메시지는 심각하기 그지없다.

사랑은 세계를 다시 세우는 일

그런데 앞에서 언급한 것처럼 하루키는 소설 속에 오이디푸스 이야기에 대한 한 가지 비판을 새겨 넣음으로써 그 비극에서 규명되지 않은 어떤 사안을 지적했다. 그것은 바로 부모의 책임이다. 설마 그렇게 쉽게 아이를 버리고도 책임이 없단 말인가? 그들은 정말로 무고한가? 카프카에 대해서도 하루키는 보충 또는 수정을 제시했다. 『해변의 카프카』 상권 393쪽에서 오시마 씨는 자기 어머니가 간직해 뒀던 「해변의 카프카」 음반을 찾아 다무라 카프카에게 건네

준다. 그래서 다무라 카프카가 그것을 들으려 할 때 오시마 씨는 그와 잠깐 대화를 나눈다. 그것은 유령에 관한 대화였다. 다무라 카프카는 전날 밤 열다섯 살 때의 사에키 씨가 자기 방에 나타난 것을 보았고 그래서 오시마 씨에게 묻지 않을 수 없었다.

"생령이라는 게 있나요? 인간이 꼭 죽어서 유령이 되는 건가요, 아니면 살아 있는데도 영혼이 몸 밖에서 생령이 될 수도 있나요?"

대화를 나누다가 오시마 씨는 고대 괴담집『우게츠 이야기』에 나오는 두 무사의 이야기를 인용한다. 두 무사가 서로 만나기로 약속을 했지만 그중 한 무사가 감옥에 갇히는 바람에 약속 장소에 못 가게 된다. 그 무사는 약속을 지키려고 어쩔 수 없이 목숨을 끊고 유령이 돼서 약속 장소로 간다. 오시마 씨는 이 이야기를 통해 인간은 아마도 죽어야 유령이 될 수 있다고 말한다. 그런데 흥미롭게도 그는 아래의 말을 덧붙인다.

"인간은 신의나 친애의 정이나 우정을 위해서는 여간해서 생령이 될 수 없는 것 같아. 그런 경우에는 죽을 수도 있다는 거지. 신의나 친애나 우정을 위해 인간은 목숨을 버리고 영혼이 되어야 할 때도 있어. 살아 있는 채 영혼이 되는 것을 가능케 하는 것은 내가 알고 있는 한, 역시 악한 마음이야. 부정적인 상념이지."

『겐지 이야기』의 한 에피소드를 보면 누군가를 해치고 싶은 마음이 강했던 한 여자가 방 안에 앉아 있었는데 그녀 자신도 모르게 영혼이 빠져나가 정말로 그 사람을 해치고 돌아온다. 이것을 위의 『우게츠 이야기』의 에피소드와 대조해 보니 역시 착한 사람은 생령이 안 되고 나쁜 사람만 생령이 되는 것 같았다. 하지만 다무라 카프카가 이에 대해 생각하고 있을 때 오시마 씨가 또 덧붙여 말한다.

"그러나 네가 말하는 것처럼, 긍정적인 사랑을 위해서 인간이 생령이 되는 경우도 있을지 몰라. 나는 그렇게 자세히 이 문제를 따져 본 건 아니지만 그건 일어날 수 있을지도 모르지."

그는 계속 말했다.

"사랑이라는 것은 세계를 다시 세워 가는 일이니까, 사랑

이란 어떤 일이든 일어나게 할 수도 있어."(『해변의 카프카』 상권, 401쪽)

여기에서 우리는 하루키가 독자들을 절망시킬 리 없다는 것을 알게 된다. 바로 이것이 그가 아무리 무거운 주제로 글을 써도 독자들이 기꺼이 그의 작품을 읽는 이유이다. 그렇게 많이 카프카적 내용을 서술한 뒤, 그는 여기에서 사람과 사람 간의 사랑으로 카프카에 수정을 가한다. 카프카는 우리에게 인간의 고통이 무의미한 세계를 알려주었다. 이에 대해 하루키는 인간의 고통이 무의미한 세계가 유일한 세계는 아니라고 보충한다. 왜냐하면 "사랑이라는 것은 다시 세계를 세워가는 일"이므로 그것을 기초로 또 하나의 전혀 다른 세계를 세울 수 있을지도 모르기 때문이다.

하루키는 카프카가 소설가로서 갖고 있는 가장 큰 문제가 그의 소설 속에 구현된 세계가 지나치게 설득력이 있는 것이라고 지적하는 듯하다. 그의 구현 방식 때문에 우리가 그것이 유일한 세계라고 생각하기 쉽다는 것이다.

사랑은 모든 것을 극복한다

카프카의 작품 중에 가장 많이 읽힌 것은 틀림없이 「변신」일 것이다. 이 작품의 주인공인 그레고르 잠자는 어느 날 아침, 잠에서 깨어나 자기가 벌레로 변한 것을 깨닫는다. 벌레로 변하기는 했지만 그는 여전히 그였다. 단지 외관만 사람들이 낯설어하고 싫어하는 모습으로 변했을 뿐이었다. 하지만 순식간에 그의 인간으로서의 가치와 의의까지 죄다 변해 버린다.

카프카의 이 상상의 이야기 속에서 사람들이 깊은 인상을 받고 또 괴로움을 느끼는 것은 그레고르 잠자를 대하는 가족들의 태도가 점차 변해 가는 것이다. 그들은 맨 처음에는 애써 그를 돕고 도대체 무슨 일이 생긴 것인지 이해하려 한다. 그러다가 천천히 그가 벌레로 변한 사실에 적응해 가고 그다음에는 그의 존재가 무척 난처하고 불편하다는 것을 깨닫고서 최대한 그를 격리해 다른 가족의 '정상적인' 생활을 방해하지 못하게 한다. 이어서 그들의 마음속에 어떤 갈망이, 차마 입 밖에 내지는 못하는 갈망이 은밀하게 떠오른다. 그것은 그가 하루속히 사라졌으면 하는 바람이다. 이 과정에서 그레고르 잠자 곁의 가족들, 즉 아버지와 어머니와 누이동생은 천천히 그에게서 사랑을 거

두고 역시 천천히 그를 배반한다.

그레고르 잠자는 나중에 죽는다. 아버지가 던진 사과에 등을 다쳐 몸이 안 좋아졌고 어느 날 그의 방에 들어간 파출부 할멈이 그의 시체를 발견한다. 하지만 그는 등의 상처 때문에 죽은 게 아니었다. 더는 사랑받는 대상이 아니어서 살아갈 힘을 깡그리 잃었기 때문이다. 「변신」의 이런 사례를 보면 하루키가 카프카에 가한 수정은 일리가 있다. 「변신」에서 진행되는 일들은 필연적인 게 아니다. 그레고르 잠자는 우선 벌레로 변했고 벌레의 외관을 가진 채 그 일들을 겪었다. 이는 인간 존재가 필연적으로 겪는 현상은 아니다. 그러나 카프카가 워낙 훌륭하고 생생하게 서술해서 이 이야기는 흔히 인간 존재에 관한 보편적인 우화로 여겨진다. 다시 말해 인간 존재의 필연과 극도로 서글픈 필연적 상황을 대표하는 것으로 여겨진다.

어떤 관점에서 보면 하루키는 조금 속되며 어떻게 책을 팔아야 하는지 안다고 말할 수 있다. 그런데 또 다른 관점에서 보면 그는 깊은 신념이 있어서 그것으로 독자들의 가치관을 변화시키려 계속 노력하기도 한다. 그 신념은 바로 인간과 인간 사이의 진실한 사랑이 의미가 있고 변화를 낳는다는 것이다.

바로 『해변의 카프카』의 후반부에서 하루키는 진실한 사랑을 통해 바뀐 세계를 묘사하려 한다. 사랑을 좇기 위하여 다무라 카프카는 들어가서는 안 되는 세계로 들어간다. 이 부분의 내용은 은유이며 그 주축을 이루는 정신은 오이디푸스와 카프카에 대한 하루키의 대응에서 이미 분명히 언급한 바 있다. 그는 그들을 향해 말하려 했다. 당신들이 보여 준 세계가 그토록 혼란하고, 운명에 휘둘리고, 고통이 무의미한 것은 사랑이 빠져 있기 때문이라고.

하루키의 글쓰기 자원

사랑은 무의미할 리 없고 적어도 하루키는 사랑이 무의미한 것일 리 없기를 바랐다. 그래서 그는 사랑을 오이디푸스의 비극 속에 돌려 놓고 카프카의 우화 속에도 돌려 놓고서 무슨 일이 일어나는지 보았다. 만약 사랑이 운명에 저항할 수도 있을 만큼 중요하다면 어떻게 될까? 만약 사랑이 우리의 고통을 설명해 줄 수도 있을 만큼 중요하다면 어떻게 될까? 이 소설은 그로 인해 다른 고통과 다른 색채가 생겼다. 이 소설은 오이디푸스의 비극에서 비롯되었고 카프카의 어둡이 있기도 하지만 우리가 읽으면서 드는 느낌은 오이디푸스와도 다르고 카프카와도 다르다.

하루키가 어떻게 이 소설을 조합해 냈는지 이해하고 나면 우리는 하루키가 하루키일 수 있는 지점을 더 분명하게 판별할 수 있다. 다른 사람이 다룬 지극히 잘 알려진 주제를 대담하게 채택하면서도 거기에서 다른 내용을 써내는 것이 바로 그것이다. 만약 이 책에서 내가 처음부터 『해변의 카프카』는 우리에게 '사랑은 모든 것을 극복할 수 있다.'라는 것을 말해 주는 소설이라고 밝혔다면 독자들은 더 읽고 싶었을까? 그토록 많은 것을 이야기한 뒤에야 나는 그 사실을, 이 작품이 '사랑이 모든 것을 극복할 수 있다.'라고 말해 주는 소설임을 밝혀야 했다.

하루키는 어떻게 성공할 수 있었을까? 영리하게 대량의 '상호텍스트'를 활용했기 때문이다. 사람들은 그를 본받아 슬픈 사랑 이야기를 쓰고 싶어 하지만 『노르웨이의 숲』을 본받든 『해변의 카프카』를 본받든 제대로 본받을 수 없다. 하루키를 모방하는 사람들은 그런 상호텍스트의 자원이 없을뿐더러 그런 심오한 것들을 자기 소설에 집어넣어 내용의 일부로 바꿀 줄도 모른다. 이것은 핵심적인 차이이며 역시 이 때문에 『해변의 카프카』를 읽을 때 우리는 '사랑은 위대하다.'라고 말하는 다른 소설을 읽을 때보다 몇 배, 심지어 수십 배 더 노력을 기울여야 한다.

제7장 오에 겐자부로와 시코쿠의 숲

백여 년간 두 명의 일본인이 노벨 문학상을 받았는데, 첫 번째는 가와바타 야스나리이고 두 번째는 오에 겐자부로다. 가와바타 야스나리는 1968년, 작품에 일본의 대표적인 특성을 갖췄다는 이유로 상을 받았다. 서양인이 보기에 그는 일본의 전통미를 가장 잘 보여주는 작가였다. 그 역시 그런 이미지를 연출하는 데 신경을 썼다. 노벨 문학상 수여식에서 그가 발표한 연설의 제목은 '아름다운 일본의 나'였다. 여러 해 그의 작품을 번역해 온 역자조차 깜짝 놀랄 만큼 심오한 내용이었다.

가와바타 야스나리는 연설에서 헤이안조 이후 전해

진 일본의 아름다움, 특히 일본 문학 속의 아름다움에 관해 설파하면서 일본의 전통 단시인 와카和歌와 한시와 각양각색의 전고를 인용했다. 그는 서양인이 인정해 준 역할을 받아들여 일본의 아름다움을 담당하는 한 대표자로서 노벨상 시상식장을 이용해 일본 문화를 선양한 것이다.

하지만 훗날 오에 겐자부로는 1994년 노벨 문학상 수상 연설에서 일부러 가와바타 야스나리의 연설에 호응하여 그 제목을 '애매한 일본의 나'로 잡았다. 이 연설문의 일부는 사실 가와바타 야스나리에 대한 비판이었다. 그가 보기에 가와바타 야스나리와 일본의 관계는 가와바타가 스스로 표명한 것보다 훨씬 애매했다. 첫째, 가와바타 야스나리는 본질적으로 결코 전통적인 일본 작가가 아니었다. 그는 19세기 후기부터 모더니즘에 이르는 서양 문학의 기법을 계승하고 모방했다. 둘째, 가와바타 야스나리가 묘사한 일본은 일본의 단순한 아름다움으로 치장되었지만 진짜 일본은 아니었다. 진짜 일본은 지극히 애매한 나라이다.

가와바타 야스나리와 오에 겐자부로, 각기 노벨 문학상을 받은 이 두 일본 작가는 서로 하늘과 땅만큼이나 다르다. 가와바타 야스나리는 극도로 아름답고 우아한 일본어로 글을 썼다. 하지만 오에 겐자부로의 일본어는 일본인도 읽기가 까다로워서 영어나 프랑스어를 아는 일본인은 차라리 영어, 프랑스어 번역본을 보는 게 더 쉽겠다는 생각이 들 정도이다. 오에 겐자부로의 작품 중 상당수가 일찌감치 프랑스어로 번역되어 프랑스에서 출판되었으므로 독자들은 실제로 일본어를 포기하고 프랑스어로 오에 겐자부로를 감상할 수 있다. 오에 겐자부로가 이토록 심하게 서양화된 것은 제2차 대전 이후 어쩔 수 없이 세계를 향해 개방한 일본의 새로운 환경에서 성장했기 때문이다.

오에 겐자부로의 창작의 길

1963년 6월, 당시 스물여덟 살이었던 오에 겐자부로는 첫째 아들의 탄생을 접했다. 신생아 병동에서 처음 그 아이를 보았을 때 그는 아이의 머리에 큰 혹이 나 있는 것을 발견했다. 의사는 그에게 수술을 해야 한다고 말했다. 하지만 수술 후 아이가 살 수 있다는 보장은 없으며 살아나더라도 식물인간이 될 가능성이 있다고 설명했다. 혹이 뇌와 연결되어 있어 아무것도 확실하게 얘기해 줄 수 없다는 것이었다.

그것은 정말 당혹스러운 상황이었다. 그는 아이의 수

술 수속을 밟으면서 아이가 계속 살 수 있을지, 살아나면 또 어떤 상태일지 걱정했다. 그리고 다른 한편으로는 기형아를 낳은 사실을 아내가 받아들이고 출산 후유증을 극복할 수 있게 도왔다. 이에 그의 어머니가 그의 집에 와서 머물며 수고를 덜어 주었다.

어느 정도 시간이 흘렀는데도 아이의 상태가 아직 불확실한 상황에서 그는 속히 출생 신고를 하라는 기관의 통지를 받는다. 그런데 출생 신고를 위해 필요한 가장 중요하면서도 번거로운 일은 바로 이름을 짓는 것이었다.

그때 오에 겐자부로는 마침 프랑스의 유태계 작가 시몬 베유의 책을 읽고 있었는데, 거기에 북극 에스키모인의 일족인 이누이트족의 신화가 나왔다. 세상이 막 생겼을 때 대지에는 까마귀 한 마리가 있었고 그 까마귀는 땅 위의 콩을 쪼아 먹었다. 그런데 사방이 다 컴컴해서 콩이 어디에 있는지 찾기가 너무 힘들었다. 그래서 까마귀는 속으로 '아, 이 세상에 빛이 있다면 콩을 먹기가 훨씬 편해질 텐데!'라고 생각했고 순간 번쩍하고 온 세상에 빛이 비췄다. 이 이야기를 통해 시몬 베유는 희망이 얼마나 큰 힘을 가졌는지 강조했다. 이누이트족은 빛조차 한 마리 까마귀의 단순한 희망에서 비롯되었다고 믿는다는 것이었다.

이때 어머니가 아이에게 어떤 이름을 지어 줄 것이냐고 그에게 물었다.

"책에 나오는 이야기로 지어 볼까 생각하고 있어요."

그가 이렇게 답하자 어머니는 또 그 책이 누가 쓴 것인지 물었다.

"프랑스의 철학자가 쓴 책이에요."

"그러면 아주 괜찮은 책이겠구나."

어머니는 고개를 끄덕였다. 순간 그는 엉뚱한 유머가 떠올라 어머니에게 말했다.

"그래서 그 애 이름을 '카라스'*라고 지으려고요. 오에 카라스가 어머니 손자의 이름이에요."

어머니는 화가 나서 고개를 홱 돌리고 아래층으로 내려가 버렸다. 그는 자기가 왜 그런 말을 했는지 후회가 되었다.

이튿날 그가 출생 신고를 하려고 집을 나설 때 그의 어머니가 위층에서 내려와 먼저 말을 걸었다.

"얘야, 오에 카라스라고 이름을 지어도 별로 나쁠 것 같지는 않구나."

그는 허둥지둥 답했다.

"아니에요, 아니에요. 생각이 바뀌었어요. 우리 아이

* 까마귀를 뜻하는 일본어(옮긴이)

이름은 오에 히카리*라고 지을 거예요."

수술을 마친 뒤 히카리는 계속 살 수 있었지만 대뇌의 발육이 완전치 못해 장애를 갖게 되었다. 그래서 오에 겐자부로의 가족은 많은 고통과 어려움을 겪었다. 히카리가 어떤 교육을 받게 해야 할지도 그중 하나였다.

그들 가족은 어느 섬에서 살 때 자신들의 삶에서 가장 중요한 전환을 맞이하게 된다. 그 섬은 새가 많아서 늘 새가 지저귀는 소리가 들렸다. 그런데 어느 날 히카리가 갑자기 괴상한 소리를 연이어 냈는데 마치 새와 대화를 하고 있는 듯했다. 그 후로 히카리는 청각이 급속도로 발달해서 음악을 좋아하게 되었다. 오에 겐자부로의 가까운 친구 중 한 명인 일본의 뛰어난 작곡가 다케미쓰 도루의 도움으로 그는 음악의 길에 들어섰고, 작곡가가 되었다. 새의 언어를 알아들은 것이 삶을 개척하는 계기로 작용한 것이다. 나는 2003년 일본에 갔을 때 오에 히카리의 작품 발표회에 직접 가 본 적이 있다. 하마터면 그가 오에 카라스가 될 뻔했던 것이 생각나 감회가 새로웠다.

* 빛 광(光) 자의 일본어 발음(옮긴이)

숲속의 교차하는 시간

오에 겐자부로는 1935년 시코쿠에서 태어났다. 일본은 주요 섬으로 혼슈, 규슈, 시코쿠, 홋카이도가 있는데 다른 세 개의 섬들과 비교해 시코쿠는 상대적으로 우리에게 낯설고 여행을 갈 일도 거의 없다. 시코쿠는 일본에서 특이한 주변적 위치에 있다.

오에 겐자부로는 시코쿠섬 중부의 에히메현 기타군 오에촌에서 태어났다. 그곳은 어디 있을까? 지도를 찾아보면 시코쿠 한가운데에 산맥이 있고 그 산맥 속의 한 마을이 그의 출생지이다. 그리고 그가 태어난 지 얼마 안 돼서 중일 전쟁이 일어났으며 그다음에는 또 제2차 대전이 일어났다. 그는 전쟁 중에 산속에서 자랐기 때문에 숲에 대한 감정이 남다르다.

그의 중요한 대표작이면서 노벨상 위원회의 선정문에서도 특별히 언급된 『만엔 원년의 풋볼』을 보면 다음과 같은 묘사가 있다.

> 어두컴컴하게 우거진 상록수 벽에 둘러싸여 마치 깊은 도랑의 바닥을 달리는 듯한 숲길의 한 지점에 정지한 우리의 머리 위로 겨울 하늘이 좁다랗게 펼쳐졌다. 오후의

하늘은 시냇물 색깔이 변하듯 퇴색되면서 완만하게 드리워져 있었다. 밤이 되면 하늘은 전복 껍데기가 조갯살을 덮듯이 광대한 숲을 덮칠 것이다. 그 광경을 상상하자 폐소 공포증의 감각이 되살아났다. 심산유곡에서 자라났으면서도 숲을 가로질러 골짜기 마을로 돌아갈 때마다 나는 숨이 막힐 듯한 그 감각에서 자유롭지 못했다. 숨 막히는 그 감각의 중심에는 죽어 사라진 조상들의 감정의 핵이 가득 차 있다. 그들은 위력적인 조소카베*에게 오랫동안 쫓겨 다니다가 깊은 산속에서 숲의 침식력에 가냘프게 저항 중인 방추형의 작은 분지를 발견하고 그곳에 정착했다.(오에 겐자부로, 『만엔 원년의 풋볼』, 박유하 옮김, 웅진지식하우스, 2017, 89쪽)

이것은 숲에 대한 그의 묘사이며 이 묘사에는 몇 가지 포인트가 있다. 첫째, 묘사된 곳은 옛날 도사번**에 속하며 특히 중세에 시코쿠를 평정한 조소카베와 관련이 있다. 소설에서 발굴하고 연결하려는 것은 조소카베에게 쫓겨 산속에 숨어 살다 죽어 간 조상들의 감정이다. 도사번의 근거지는 에히메현 옆의 고치현에 있었다. 그리고 『해변의 카프카』에서 오시마 씨가 다무라 카프카를 데리고 간

* 일본 전국 시대에 도사 지방을 지배한 제후의 성씨이다.

** 옛날 도사국 일대의 통칭으로 1871년 폐번치현(廢藩置縣) 정책 후 고치현으로 바뀌었다.

그 숲속의 적막하고 고립된 오두막도 고치현에 있다.

둘째, 오에 겐자부로의 묘사에서 그 숲의 가장 특수한 점은 조상들의 영혼과 기억이 모여 있는 장소라는 것이다. 숲은 특이한 시공간이다. 일반적인 환경에서 사람들은 별다른 생각이나 의심 없이 시간이 직선적이라는 가정을 당연하게 받아들이지만, 숲속에만 들어서면 극적인 변화를 겪는다. 숲속으로 깊이 들어갈 때는 지금 자신이 공간을 이동하는 동시에 시간의 교차에 휘말린 것 같다. 그곳에서 시간은 앞으로만 가지 않고 더 복잡한 방향으로 가고 있는 듯하다. 그리고 평소에 마을에 있을 때는 조상들의 영혼을 직접적으로 느낄 일이 없지만 역시 숲속에만 들어서면 어렴풋하면서도 구체적으로 그들의 영혼이 몰려드는 것 같다.

오에 겐자부로는 어렸을 때 자신의 할머니가 들려준 이야기를 글로 쓴 적이 있다. 숲속에는 무수히 많은 나무가 있고 누구나 그중의 한 그루를 자신의 생명수로 갖고 있다는 것이다. 그리고 누가 우연히 자신의 생명수 밑을 지나치게 되면 미래의 자신과 마주칠 수도 있다고 했다. 이 이야기는 줄곧 그의 머릿속을 맴돌았고 어린 시절 그는 항상 이런 생각을 했다고 한다.

'만약 내 생명의 나무를 발견하고 그 밑에서 할아버지와 마주치면 어쩌지? 그 할아버지가 60년 뒤의 나라면 나는 무슨 말을 해야 하지?'

그는 나이가 들어서도 이 이야기에서 벗어나지 못하고 정반대의 상상을 했다.

'60년이 지나 내 나무 밑에 가면 60년 전의 여덟 살 먹은 나와 마주치게 될까? 그러면 그 애를 어떻게 대해야 하지? 뭐라고 말을 걸어야 하지?'

오에 겐자부로 소설의 중요한 주제 중 하나는 시간이다. 숲속에서 과거, 현재, 미래가 교차하곤 하는 바로 그 시간이다. 지금의 나는 숲속의 어느 특별한 나무 밑에서 이전의 나 또는 이후의 나를 만날 수 있다.

오에 겐자부로는 자기가 문학의 길로 들어선 계기에 관해서도 글을 쓴 적이 있다. 그가 초등학교 때 외지에서 전근 온 선생님이 반 아이들을 데리고 해변으로 소풍을 갔다고 한다. 지도를 찾아보면 에히메현은 해변에서 약간 떨어져 있는 것을 알 수 있다. 그들은 한 시간 정도 걸어 해변에 도착했다. 그곳은 『해변의 카프카』에서 나카타 씨와 호시노 군이 앉아서 바다를 바라보던 곳일지도 모른다.

그때 겐자부로는 난생처음 바다를 보았다. 돌아온 뒤

선생님은 모두에게 바다를 본 느낌을 글로 쓰라고 했다. 누구나 어릴 적에 이와 비슷한 감상문을 써 본 적이 있을 것이다. 그런데 오에의 글은 다른 아이들과는 확실히 달랐다. 그는 "해변에 가 보니 내가 산속에 사는 게 다행이었다. 해변에 살면서 매일 파도 소리를 들으면 얼마나 시끄러울까!"라고 썼다. 이 글을 보고 화가 난 선생님이 그를 불러 훈계를 했다.

"이런 글을 쓰면 해변에 사는 사람들에게 실례가 아닐까?"

그러고 나서 선생님은 더 직설적인 말을 했다.

"나는 다른 데서 이 산속에 왔지만 여기가 전혀 조용하지 않아. 너희가 떠드는 말도 너무 시끄럽고!"

이 말을 듣고 겐자부로는 어리둥절했다. 그는 줄곧 산속이 조용하다고 생각했기 때문이다. 그래서 며칠 동안 일부러 귀를 쫑긋 세우고 주변 환경에 주의를 기울였다. 그는 결국 산이 사실은 조용하지 않다는 것을 깨달았다. 멀리서 보면 산은 꼼짝도 안 하는 것 같았지만 가까이서 보면 숲이 잠시도 쉬지 않고 움직이고 또 움직였다. 시선을 본래 습관보다 더 가까이 당기면 당길수록 안 보이던 것들이 눈에 들어왔다. 그는 나뭇가지 위의 이슬방울과 그 속에

반사돼 비치는 작지만 완전무결한 세계에 충격을 받아 난생처음 시를 썼다.*

숲속에서 보낸 유년 시절

1935년부터 1945년까지 오에 겐자부로는 숲속에서 유년 시절을 보냈다. 그곳에서는 전쟁을 잘 실감할 수 없었다. 전쟁은 기껏해야 낯선 도시에서 아이 몇 명이 피신을 와서 조금 변화를 일으키는 정도였다. 하지만 군국주의의 분위기에서 벗어날 수는 없어서 선생님은 매일 되풀이해 말했다. 첫째, 천황은 위대하고 둘째, 전쟁이 계속 확대되면 언젠가 숲속까지 전쟁이 닥칠지도 모른다고.

그런데 언젠가 전쟁이 시코쿠의 그 산속까지 닥칠지도 모른다는 말을 듣고도 아이는 두려워하기는커녕 엉뚱한 상상을 하기 시작했다.

'그렇게 되면 우리는 도쿄 사람들을 더 부러워할 필요가 없을 거야. 우리도 그 사람들처럼 천황 폐하를 위해 노력하고 희생할 수 있을 테니까.'

그것은 특수한 감정이었다. 전쟁의 참혹함을 못 봤기 때문에 생긴 전쟁에 대한 낭만적인 태도였다.

오에 겐자부로가 열 살 때인 1945년에 전쟁이 끝났다.

---

* 그 시는 다음과 같다. "투명한 빗방울에/풍경이 비치네/빗방울 속에/다른 세상이 있네."

일본은 군국주의 침략자에서 미군에 의해 점령된 패전국으로 전락했다. 시코쿠의 그런 두메산골에서는 그 변화가 더 빠르고 급속하게 느껴졌다. 아무도 그들에게 일본이 항복할지도 모른다고 말해 준 적이 없었고 일본이 미국인에게 점령당해 통치를 받을 수도 있다는 것은 더욱더 그러했기 때문이다.

어제만 해도 최후의 한 명이 남을 때까지 무조건 저항하라는 선전을 들었는데 하루 만에 일본이 항복한다는 천황의 옥음玉音이 라디오에서 흘러나왔다.** 그리고 얼마 안 돼 미국의 점령군이 왔는데, 뜻밖에도 일본인들은 열렬히 그들을 맞이하고 얼싸안았다.

오에 같은 열 살짜리 남자아이에게 그것은 전혀 납득되지 않는 변화였다. 위대한 천황, 불패의 천황이 앞장서서 항복을 하다니. 게다가 이제 모두가 그 사악한 미국인들을 찬양하고 있었다.

미군 점령기에 학교 선생님이 작문 제목을 주고 반에서 글솜씨가 가장 좋은 몇 명에게 글을 써 보라고 했다. 그 제목은 '왜 일본에는 과학이 필요한가'였다. 이때 상황을 아직 제대로 파악하지 못한 겐자부로는 "일본에 과학이 필요한 이유는 과학을 발전시켜야 다음 전쟁에서 이길 수 있

** 이 옥음 방송은 1945년 8월 14일에 일본 천황이 「종전 조서」를 읽고 녹음한 것을 8월 15일에 방송한 것으로, 포츠담 선언을 받아들인다고 정식으로 선포하는 내용이다. '옥음'은 천황의 음성을 뜻한다.

기 때문이다."라는 답을 제시했다. 그런데 그 작문 대회를 주최한 곳은 하필이면 미 점령군 사령부였다. 선생님은 오에를 불러서 "안 돼, 이렇게 쓰면 절대 안 돼!"라고 혼냈다. 만약 미국인이 일본 꼬마가 여전히 전쟁을 하려 하고 다음 전쟁에서 이길 마음을 품고 있다는 것을 알면 정말로 큰일이었다!

겐자부로는 억지로 글을 고쳤다. 고쳐서 낸 그 글은 나중에 상을 받았다. 미군은 지프차를 보내 해당 학생을 에히메현의 사령부로 데려가 상을 주었다. 아이들은 미국 햄버거를 먹었으며 따로 축전지 한 개씩을 상품으로 받았다. 아마도 미군은 아이들에게 무슨 상품을 줘야 할지 몰랐고 특별히 준비할 성의도 없었던 것 같다. 그래서 부대 안에 남아도는 축전지를 챙겨 1인당 한 개씩 나눠 주었다.

축전지를 안고 학교로 돌아와서 겐자부로는 뜻밖에 큰 공을 세웠다. 일본에서 최초로 국제 운동 경기에 참가한 팀은 여자 배구 팀이었는데, 교장 선생님이 겐자부로가 받아 온 축전지에 라디오를 연결해 운동장에서 여자 배구 팀 경기를 전교생에게 들려준 것이다. 덕분에 그 축전지는 꽤 위상이 올라갔다. 그런데 나중에 오에의 같은 반 친구 하나가 몰래 학교 과학실에 들어가 축전지를 갖고 놀았는데 불행히도 축전지에 불이 붙었고 그 바람에 과학실 전체가 홀랑 타 버렸다. 이 사실을 알고서 교장 선생님은 당연히 그 아이를 붙잡아 와 호되게 꾸짖었으며 그 아이는 벌을 받은 뒤 그날 집에 돌아가지 않았다. 그리고 이튿날 그 아이의 시체가 강 위에 떠올랐다. 정말 비참한 일이었다. 그 아이의 장례식장에서 그 애 엄마는 오에를 보자마자 욕을 퍼부었다.

"이게 다 네 그 망할 축전지 때문이야!"

오에 겐자부로는 이 일을 가슴에 새겼고 그때 느낀 교훈은 더 깊이 새겼다.

'만약 내가 선생님 말씀대로 작문을 고치지 않았다면, 그냥 영합해서 '옳은' 내용을 쓰지 않았다면 나중에 그런 일들은 일어나지 않았을 것이다.'

아이들은 왜 학교에 다녀야 할까

전쟁이 끝난 뒤의 거대한 변화 때문에 겐자부로는 한때 학교에 가고 싶지 않았다. 사실과 정반대인 선생님의 수업을 듣고 싶지 않았던 것이다. 아들이 수업을 빼먹고 숲속에서 시간을 보내는 것을 안 어머니는 큰 나무 위에 나무 집을 지어 주었다. 학교에 안 가는 날이면 겐자부로는 그 나무 집에 숨어 자기가 보고 싶은 책을 읽었다. 특히 이해가 안 되는 책이나 평소에 계속 읽기 힘든 책을 거기에 가져가 읽었다.

겐자부로는 숲속을 마구 쏘다니기도 했다. 한번은 숲속 깊은 곳에서 길을 잃고 중간에 비까지 만나 소방대의 출동으로 겨우 구조되었는데, 집에 돌아오자마자 병이 나서 고열을 앓았다. 당시 겐자부로는 아주 오래, 그리고 심하게 병석에 누워 있었고 어머니가 내내 곁을 지켰다. 그는 어머니에게 말했다.

"나는 곧 죽을 것 같아요. 죽을 것 같다고요."

어머니는 그를 껴안고 위로해 주었다.

"걱정하지 마라, 무서워하지도 말고. 네가 죽으면 이 엄마가 다시 낳아 줄게."

그는 궁금해서 어머니에게 물었다.

"나를 어떻게 다시 낳아요? 엄마가 또 아기를 낳으면 걔는 내가 아니고 내 동생이잖아요."

"괜찮아. 동생이 태어나면 첫날부터 네가 하던 일, 네가 생각하던 일, 네가 하던 말을 계속 들려줄 거야. 걔가 너로 변할 때까지 말이야. 그러면 나는 너를 다시 낳은 셈이 되지."

들어 보니 일리 있는 말이어서 병석의 겐자부로는 안심하고 잠이 들었으며 차차 건강을 회복했다.

이 에피소드는 『아이들은 왜 학교에 다녀야 할까』라는 책에 들어 있다. 처음 이 책을 손에 쥐었을 때 나는 오에 겐자부로에 대한 기존 이해를 바탕으로 '아이들은 왜 학교에 다녀야 할까?'라는 질문에 그가 '아이들이 꼭 학교에 다녀야 할 이유는 없다.'라고 답할 줄 알았다. 하지만 아니었다. 그는 우선 자기가 어렸을 때 학교에 안 갔던 경험을 돌아본 뒤, 그때 병에 걸리고 건강을 회복하고 나서 갑자기 사람이 왜 학교에 다녀야 하는지 깨달아 자발적으로 학교에 나가기 시작했다고 썼다.

엄마가 해 준 말 때문에 겐자부로는 병이 낫고도 한동안 자기가 누구인지 몰라 얼떨떨해지곤 했다. 나는 형일까, 아니면 형이 죽은 뒤 엄마가 형이라고 생각하며 다시 낳은 동생일까? 그는 도대체 자신의 진짜 경험이 무엇인지 분간이 안 됐다. 혹시 엄마가 되풀이해 말해 준 형의 일을 내 경험처럼 기억하고 있는 것은 아닐까? 그는 사실 자기가 이미 죽고 다시 태어난 것일 수도 있다는 의심이 들었다.

나중에 그는 혼란에서 벗어났고 그 의심의 과정을 통

해 깨달음을 얻었다. 사람이 사는 한 가지 중요한 의미는 자기 이전의 사람들이 어떻게 살았는지 아는 데 있으며 이것은 누구에게나 먼저 죽은 사람들의 삶을 다시 살고 또 자신이 산 경험을 남길 책임이 있는 것과 같다는 게 바로 그 깨달음이었다. 사람은 왜 학교에 다녀야 할까? 아이들은 왜 학교에 다녀야 할까? 좋은 성적을 얻기 위해서도 기술을 배워 나중에 돈을 벌기 위해서도 아니다. 학교에 다니는 환경에서만 아이들은 예전 아이들이 각 세대에 걸쳐 살았던 경험을 알 수 있기 때문이다. 이것이 오에 겐자부로가 제시한 매우 특별한 답이다.

오에 겐자부로의 문학 스타일

나중에 그는 산속 마을을 떠나 시코쿠 최대의 도시 마쓰야마에 가서 고등학교를 다녔고 거기에서 이타미 주조*를 만났다. 이타미 주조는 그의 선배였지만 학교에 세계사 과목 교사가 부족해서 각 학년 학생들이 함께 수업을 받아야 했다. 그때 수업이 무료해서 이타미 주조는 옆에 앉은 후배와 게임을 했다. 무슨 게임이었을까? 그건 바로 릴레이로 시를 쓰는 게임이었는데 한 사람이 두 행을 쓰고 건네주

* 일본의 배우이자 영화감독으로 호적상의 이름은 이케우치 요시히로(池內義弘)이다. 1984년에 영화감독으로 데뷔했고 첫 작품 『장례식』은 일본에서 높은 평가를 받았다. 나중에 『담포포』, 『마루사의 여인』, 『민보의 여인』으로 자신만의 스타일을 수립했다. 1997년 자살로 생을 마감했다.

면 그다음 사람이 또 두 행을 쓰는 식이었다. 이때 이타미 주조는 그 후배에게 깊은 인상을 받았다. 훗날 과거를 추억하는 글을 쓰면서 그는 후배 오에 겐자부로가 당시 썼던 시구를 인용했다. 그것은 "숲속에 어둠의 광택이 가득하네."였다.

이타미 주조는 나중에 배우이자 감독이 되었으며 한때 전 세계 영화계에서 가장 잘 알려진 일본인 감독이었다. 그는 오에 겐자부로의 처남이기도 했다. 그의 누이동생이 오에 겐자부로와 결혼했기 때문이다.

이타미 주조는 외국인이 보기에 아주 전형적인 일본 미남이었다. 그래서 외국 영화에 일본인 배역이 필요하면 맨 먼저 캐스팅이 고려되곤 했다. 나중에 그는 감독이 되어 여러 편의 훌륭한 영화를 만들었다. 그가 명성을 얻은 작품인 『장례식』은 뛰어난 코미디 영화다. 장례식은 유쾌한 일이 아니므로 그것을 소재로 코미디 영화를 찍으려면 재능도 필요하고 용기도 필요하며 사회 풍속에 대한 깊은 관찰과 풍부한 풍자 정신까지 필요하다. 이타미 주조가 감독한 또 다른 명작 『담포포』는 라면을 파는 이야기이며 화려한 영상으로 음식, 특히 라면에 대한 일본인의 집념을 보여 주었다.

이타미 주조에게 깊은 인상을 남긴 "숲속에 어둠의 광택이 가득하네."라는 시구는 훗날 오에 겐자부로의 작품에서 유사한 주제와 분위기로 많이 표현되었다.

고등학교에 다닐 때 겐자부로는 도쿄대 불문과 교수가 쓴 책을 보고 큰 감동을 받아 나중에 도쿄대에 진학해 그 교수의 수업을 듣겠다고 결심했다. 이 일은 그의 도쿄대 진학을 위한 가장 큰 원동력이 되었다. 하지만 어쨌든 도쿄대는 들어가고 싶다고 쉽게 들어갈 수 있는 대학이 아니었다. 그는 첫해에 낙방해서 재수를 해야 했다.

오에 겐자부로가 두 번째 대학 입시를 치른 1954년, 도쿄대는 특별 조치를 마련해 전후 최초로 타이완인의 응시를 허용했다. 아마도 많은 타이완인이 그해에 원서를 냈을 것이다. 오에 겐자부로의 회고에 따르면 시험 시간에 그가 실수로 답안지를 바닥에 떨어뜨렸는데 옆의 학생이 밟는 바람에 지저분해졌다고 한다. 그는 바짝 긴장해서 감독 선생에게 답안지를 한 장 더 달라고 더듬더듬 말했다. 그가 너무 긴장하고 또 너무 말을 더듬었기 때문인지 감독 선생은 아주 천천히, 한 글자 한 글자 또박또박 발음해 "학생은 타이완에서 왔나?" 하고 물었다. 그는 아니라고 부정할 여유도 없어서 그냥 고개를 끄덕이고 새 답안지를 받았다고 한다.

오에 겐자부로 문학의 이중성

나중에 오에 겐자부로는 도쿄대에 입학해서 그 감독 선생과 마주쳤다. 감독 선생은 그를 기억하고 있었고 매번 신경 써서 느릿느릿 "안녕, 밥은 먹었나? 요즘은 좀 적응됐고?"라고 물었다. 그는 정말 언제 어떻게 자기가 타이완인이 아니라고 말해야 할지 몰랐다. 흥미로운 것은 이 일에서 그가 얻은 교훈이다. 그 난처한 상황에서 그는 망명자의 기분을 느꼈다고 한다. 자기가 사용하는 언어가 망명자나 약자의 언어 같았다고. 그리고 스스로가 겁이 많고 나약해서 "이런 자신에게 용기를 불어넣기 위해 상상력에 의지하여 현실 속 기존의 것들을 파괴하고 바꾸기로 결심했으며 앞으로도 계속 그런 방향으로 살아가기로 했다. (……) 그렇게 계속 살아가기 위해 내가 의지한 것은 바로 문학이었다."라고 회상했다.

오에 겐자부로의 작품은 일본에서 일종의 '아웃사이더 문학'이라고 할 수 있어 이상하고 생경하지만 그래도 상당히 인기가 있다. 앞에서 언급한 『만엔 원년의 풋볼』을 비롯한 초기의 몇 작품이나 나중의 『동시대 게임』은 전부 대단히 난해한 소설인데도 일본에서 수십만 부가 팔렸다. 누군가는 농담조로 오에 겐자부로 소설의 가장 큰 판매 포인트는 아무도 완독하지 못하는 것이라고 말하기도 했다.

그는 일본에서 계속 어떤 이중성을 유지해 왔다. 한편으로 그는 일본의 가장 중요한 소설가이다. 프랑스어를 공부하고 프랑스 및 프랑스 문단과 긴밀하게 교류한 그의 작품은 일찍부터 프랑스에서 번역되어 주목을 받았고 그 밖의 언어로도 많이 출판되었기 때문이다. 하지만 다른 한편으로 그의 명성과 어울리지 않게 일본에서는 사실 그의 작품을 이해하는 사람이 많지 않으며 몇 평론가들조차도 그를 공격하고 악평을 해 왔다.

그의 소설은 반복해서 숲으로 돌아가곤 한다. 특히 언급할 만한 작품은『동시대 게임』이다. 이 기괴한 작품을 나는『해변의 카프카』를 읽고 난 뒤에야 겨우 이해했다는 느낌이 들었다. 이 소설에는 어떤 사람 곁에 거대하고 단순한 파괴력의 소유자가 나타난 이야기가 나온다. 파괴력의 화신 같은 그 남자는 끊임없이 그 사람의 주변 사물을 파괴한다. 그 사람은 몸부림치며 그 파괴자에게 저항하다가 마지막에는 목숨을 건지려고 숲속에 들어갔으며 결국 숲속에 숨겨진 신비한 힘을 빌려 그 파괴자를 쓰러뜨린다.

소설의 결말에서 승리를 거둔 뒤 그는 파괴자의 시체를 넘어 숲속 더 깊은 곳으로 들어가는데, 완전히 캄캄한 줄로만 알았던 숲 한가운데에 갑자기 유리로 만든 집 같은 게 나타난다. 그 유리 집 안에는 뭐가 있었을까? 바로『만엔 원년의 풋볼』에서 추상적으로 묘사됐던 것의 구체적인 이미지가 있었다. 과거에 그 숲속에서 살았던 모든 조상들의 영상이 시간성이 없는, 영원히 평화로운 그 거대한 유리 집 안에 남아 있었다. 마을에 전해져 내려오는 이야기와 관련된 인물들도 전부 숲속 가장 깊은 곳의 그 유리 집 안에 남아 있었다. 이것이『동시대 게임』의 유명한 결말이다.

전쟁에 대한 사유

오에 겐자부로의 작품은 그의 시대에서, 특히 전쟁과의 관계에서 비롯되었다. 예를 들어 1963년에 아들 히카리가 막 태어났을 때 그는 좌절과 도피의 심정을 품은 채 히로시마에 가서 매우 충격적인 동시에 논쟁적인 책을 썼다. 히로시마 원폭에 관한 그 책은 핵무기가 초래한 엄청난 파괴와 인명 피해를 슬퍼할 것만이 아니라 반드시 전쟁 책임의 문제를 다뤄야만 한다고 주장했다. 이런 그의 입장은 매우 도전적인 의미를 띠었다. 어쨌든 대부분의 일본인이 원폭 피해자의 정체성을 이용해 교묘히 전쟁 책임의 문제를 회피하고 있었기 때문이다.

전쟁과 전쟁 책임에 대한 사유로 인해 오에 겐자부로의 작품은 강한 애매모호함을 띄게 되었다. 전쟁의 책임은 영원히 해명할 수 없거나 아무리 해명해도 모자라다. 이것은 사람들이 책임을 회피하고 불편한 기억을 망각하려 하기 때문만은 아니다. 전쟁 속의 폭력과 전쟁으로 인한 인간성의 왜곡은 전쟁 이외의 상황에서는 제대로 호소하고 이해시키기 어려운 것도 문제이다.

오에 겐자부로의 소설은 일관되게 명확한 자전적 성격을 갖고 있으며 여러 작품 안에서 그의 자아를 대표하고 대체하는 화신으로서의 인물들은 한 가지 공통된 특색을 갖고 있다. 모두 자기 안에 어떤 비밀을, 말해서는 안 되는 진실을 품고 있다. 하지만 그 비밀 또는 진실은 영원히 말할 수 없는 것으로 간주된다. 왜냐하면 일단 말해지고 나면 그것은 더 이상 진실이 아니게 되거나, 또는 진실은 말해지는 즉시 필연적으로 오해되기 때문이다. 그래서 그들은 영원과 절대에 가까운 그 비밀을 고통스럽게 품은 채로 누구에게도 밝히지 못한다. 소설의 포인트는 바로 그 밝힐 수 없는 비밀 또는 진실과 그들이 벌이는 각양각색의 내적 인 자기 투쟁이다. 그리고 그 말할 수 없고 밝힐 수 없는 비밀 또는 진실은 거의 전쟁과 전쟁 속의 폭력 또는 전쟁으로 인해 왜곡된 인간의 행위 및 반응과 관련이 있다.

바꿔치기된 아이

가장 적절한 예를 살펴보기로 하자. 그것은 그가 노벨 문학상을 받고 나서 쓴 『체인지링』이다. 이 제목은 이른바 '바꿔치기된 아이'로 풀이되는데, 독일 슈바르츠발트 산지의 전설과 관련이 있다. 그 전설에서 슈바르츠발트의 검은 숲속에는 수많은 괴물이 살고 있었는데 그들은 몰래 민가에 들어가 아이를 납치해 가고 대신 그 아이로 변장한 괴물을 남겨 놓았다.

이런 전설이 왜 생겼는지는 이해하기 어렵지 않다. 부모는 아이의 성장 과정에서 보편적으로 의아한 일을 경험한다. 본래 착하고 말 잘 듣던 아이가 어떤 나이, 어떤 단계가 되면 마치 다른 사람으로 바뀌기라도 한 듯 갑자기 못되게 변하는 것이다. 우리 부모들이 보인 습관적인 반응은 다른 집 아이한테 물든 게 분명하다고 믿는 것이었다. 괴물 이야기 속 검은 숲에 살던 사람들은 아이가 바꿔치기된 게 분명하다고 믿었다. 내 착한 아이가 붙잡혀 가고 대신 그 몹쓸 괴물이 내 아들, 내 딸로 가장하고 있다는 것이었다.

오에 겐자부로가 『체인지링』을 쓰게 된 가장 큰 동기는 그의 처남, 즉 50년 가까이 사귄 그의 친구 이타미 주조의 갑작스러운 투신자살이었다. 이타미 주조가 자살한 뒤 일본 매체에서는 이론이 분분했다. 누구는 그가 여비서와의 불륜을 가십 잡지에 들켜 수치스러워 자살했다고 했고, 누구는 그가 재능의 감퇴로 인한 우울증으로 자살했다고 했다. 그 며칠 동안 일본 방송에서는 수많은 사람들이 출연해 그가 왜 자살했는지 잘 안다는 듯이 그에 관해 이러쿵저러쿵 떠들어 댔다. 오에 겐자부로는 너무 황당했다. 왜냐하면 그는 고등학교 때부터 이타미 주조를 알았고 나중에는 그의 누이동생과 결혼까지 했는데도 왜 그가 자살했는지 전혀 짚이는 게 없었기 때문이다.

그래서 그는 소설 『체인지링』을 썼다. 그는 자신과 이타미 주조의 관계를 이용해 '더 정확한' 답을 찾아서 이타미 주조가 왜 자살했는지 설명하려고 한 것은 아니었다. 결코 그렇게 천박한 의도는 없었다. 그가 말하려던 것은 이타미 주조가 사람들이 말하는 그런 간단한 이유로 자살했을 리가 없으며 인간의 자살은 그렇게 단순치가 않아서 그 뒤에 더 무겁고 설명하기 어려운 이유가 있게 마련이라는 것이었다. 또한 인간을 자살하게 할 정도로 강력한 이유는 필시 밝히기 힘든 비밀이어서 죽음으로 처리될 필요가 있다고 믿었다. 요컨대 그가 소설 속에서 쓰려 한 것은 존재와 관련된 그 비밀, 벗어날 수도 밝힐 수도 없을 만큼 깊은 비밀이었다.

그 비밀은 당연히 전쟁과, 전쟁이 막 끝나고 벌어진 일과 관련이 있었다. 우리는 소설에 쓰인 비밀을 이타미 주조가 겪은 삶의 사실로 간주할 필요는 없다. 그것은 차라리 오에 겐자부로가 말한 것처럼 그 세대 일본인이라면 누구나 갖고 있던 비밀이다.

제8장 다른 소설 속에 숨겨진 단서

하루키의 문학적 태도

하루키와 그의 작품으로 돌아와 보자. 앞에서 말했듯이 하루키의 소설에는 시간성이 빠져 있고 '모노노아와레'도 없다. 하루키에게는 무슨 시대적 느낌, 특히 일본 사회와 구체적으로 관련된 시대적 느낌이 없다. 그의 소설 속 인물들은 거의 다 일본 사회의 구체적인 영향을 받지 않는다. 그들에게 부여되는 수많은 기호는 보통 독자들이 그 일본적 맥락을 잊게 하기 위한 것들이다. 그들은 소설 속에서 샌드위치를 먹고, 스카치위스키를 마시고, 재즈를 듣고, 폴로를 입고, 레이먼드 카버의 소설을 읽는다. 그들과 구체적인 일본 사회는 서로 단절되어 있으며 이것이 바로 하루키 소설이 잘 읽히고 다양한 사회의 사람들에게 환영받는 중요한 이유이다.

아직까지도 작품 홍보를 할 때 하루키는 '1980년대 문학의 기수'라고 불린다. 이것은 무슨 의미일까? 하루키가 1980년대에 일어난 새로운 문학 스타일을 대표하며 앞서 존재한 '전후 3세대'와 뚜렷하면서도 단절적인 차이를 보인다는 뜻이다. '전후 3세대'는 줄곧 전쟁의 영향을 받았지만 하루키는 그렇지 않았다. 그의 작품에서는 더 이상 전쟁의 흔적을 찾을 수 없었고 그래서 그는 완전히 새로운 세대의 시작이었다.

하루키의 부상으로 사람들은 신세대를 목격했으며 그 신세대는 전후 일본의 몇 가지 주요한 핵심 문제를 전혀 겪은 적도 느낀 적도 없는 듯했다. 오랫동안 일본 문학은 전쟁의 문제를 회피했는지도 모르지만 그 회피 역시 전쟁에서 비롯된 것이었다. 또 하나의 큰 주제는 전후의 극적인 전환, 즉 군국주의에서 갑자기 미국 숭배로 돌아선 것이었으며 여기에는 죄책감의 문제가 관련되었다. 어제까지 천황 폐하를 믿다가 오늘 돌연히 맥아더를 믿어야 했으니, 이런 일을 겪은 인생은 뿌리가 뽑힌 듯한 황폐함과 황

량함을 느끼는 게 당연했다.

전후의 일본 작가 아베 고보는 작품 스타일이 카프카와 매우 가까웠지만 그가 부조리한 느낌을 그려 낸 근본적인 이유는 당연히 카프카와는 달랐고 전쟁과 패전과 그로 인한 변화와 밀접한 관계가 있었다. 또 대중 문학 분야에서는 마쓰모토 세이초라는 작가가 있는데, 그가 중요한 까닭은 그가 미군 점령 시기에 발생한 사회 정의의 문제를 용감하게 다루었기 때문이다.

하루키의 사회의식

본래『바람의 노래를 들어라』와『노르웨이의 숲』을 쓸 때 하루키가 사람들에게 준 느낌은 그런 역사적 경험과 집단 기억 또는 그것들로부터의 도피와는 관계가 없었다. 그래서 그는 '1980년대 문학의 기수'라고 불렸다.『노르웨이의 숲』에 희미하게 안보 투쟁의 그림자가 있긴 했지만 그것은 외부의 아득한 그림자이자 로맨스 캐릭터들의 엷은 배경일 뿐이었다.

하지만 시간이 흐르면서 하루키는 변했다. 물론 그가 자신의 변화에 관해 요란스럽게 떠든 적은 한 번도 없다. 다만 1995년 3월 20일 일본 지하철에서 옴진리교가 주도

한 '사린 가스 테러 사건'이 일어났을 땐 조금 달랐다. 이 사건으로 자신이 받은 충격과 그 충격에 대응한 방식을 그는 두 권의 책으로 엮어 냈다. 1권 『언더그라운드』에서는 사건의 피해자에 관해 썼으며 여기에서 이미 뚜렷한 사회의식을 드러냈다. 그리고 2권인 『언더그라운드 2: 약속된 장소에서』는 더 나아가 사건을 일으킨 옴진리교 신도들에 관해 썼고 또 일종의 '수평적인' 태도, 구체적으로 말하면 높은 데서 내려다보며 결론을 내리지 않고 자신을 그들과 똑같은 높이의 위치에 놓고서 이해하며 글을 쓰는 태도를 보였다. 이것은 우리가 잘 아는 하루키의 문학적 태도와는 판이하게 달랐다.

고베 대지진과 관련해서도 하루키는 단편 소설집 『신의 아이들은 모두 춤춘다』를 썼다. 이 책도 신기한 작품인데, 그가 구체적이고 현실적인 비통함을 다뤘기 때문이다. 그는 그때까지 리얼리즘 소설을 쓰는 작가가 아니었다. 하지만 비현실적인 수법으로 어떻게 현실의 비통함을 묘사하겠는가? 그는 이 도전을 받아들였으며 나아가 스스로 그 책임을, 문학의 도덕적 책임을 택했다.

일본 문학의 총아인데도 하루키는 여전히 자신을 낮추는 솔직하고 천진한 마음을 간직하고 있다. 우리는 『해변의 카프카』에서 그가 일부러 오에 겐자부로의 작품에서 중요한 상호텍스트적 요소를 취해 삽입한 것을 확인할 수 있다. 시코쿠의 숲은 이 소설에서 가장 중요한 무대가 되었다. 그곳에서 다무라 카프카는 시공이 교차하는 변화와 맞닥뜨리고 태평양 전쟁의 두 탈주병의 인도로 '저 세계'에 도착한다. 시간이 사라진 그 마을, 영혼의 거처인 그곳은 시코쿠의 자연환경이 아니라 또 하나의 중요한 문학의 혼, 오에 겐자부로가 선사한 것이다.

그런데 오에 겐자부로는 전쟁과 전쟁의 기억과 전쟁의 책임을 자나 깨나 잊지 못한 인물이다. 하루키는 오에 겐자부로에게 경의를 표하는 방식으로 자신의 지난 문학 세계에서 가장 모자랐던 점을 메우려 했다. 이 부분에서 그는 시코쿠의 숲을 매개로 오에 겐자부로를 연결했고 더 간접적으로는 전쟁과 전쟁의 기억을 연결했는데, 이것도 우리가 『해변의 카프카』를 읽으면서 놓쳐서는 안 되는 이 작품의 의의이다.

설명되지 않은 문제

『해변의 카프카』는 홀수 장과 짝수 장으로 나뉘고 두 명의 주인공이 등장한다. 열다섯 살 소년 다무라 카프카 외에 똑같이 중요한 또 한 명의 주인공은 나카타 씨다. 나카타 씨는 일반인과 매우 다르다. 우선 그는 글을 모른다. 본래는 어린 시절 우수한 학생이었지만 나중에 사고로 글을 배울 수 없게 돼 버렸다. 그는 머리가 나빠서 항상 다른 사람에게 "나카타는 머리가 나빠요. 그래서……"라고 말한다. 그리고 그는 고양이와 이야기를 나눌 수 있다. 심지어 고양이와 이야기하는 것을 사람과 이야기하는 것보다 더 쉽게 느낀다. 이 밖에도 그는 미래를 예견하는 특별한 능력이 있다. 하늘에서 정어리와 거머리가 비처럼 떨어지게 할 수도 있다.

나카타 씨는 특별하다. 사실적인 인물로 여겨지지 않을 정도다. 하지만 어쨌든 하루키의 소설은 여태껏 사실적인 것이 없었다. 따라서 우리가 주목하는 것은 이 사람이 사실적인지 비사실적인지가 아니라 흥미로운지 시시한지이다. 물론 여러 가지 다양한 기준으로 볼 때 나카타 씨는 아주 흥미로운 캐릭터이다.

나카타 씨의 특수한 점들 가운데 한 가지 빼먹으면 안 될 게 있는데, 그것은 바로 그의 그림자가 다른 사람의 절반밖에 안 된다는 것이다. 그뿐만 아니라 사에키 씨도 그렇다. 그들의 그림자는 다른 사람보다 희미하다. 그런데

『해변의 카프카』에서는 두 사람의 그림자가 왜 남들보다 희미한지 끝까지 설명해 주지 않는다. 비록 하루키는 책 속에 그 이유를 적지 않았지만 나는 자신 있게 그것을 설명할 수 있다.

그들은 모두 어떤 세계에 다녀왔으며 그 세계의 입구에는 문지기가 있었다. 그 문지기가 머무는 오두막 안은 온통 어지러웠고 단지 그가 만든 예리하고 아름다운 나이프들만 가지런히 놓여 있었다. 그리고 그 세계에 들어가기 위한 가장 중요한 의식은 바로 자신의 그림자와 떨어지는 것이었다. 문지기가 그 예리하고 아름다운 나이프로 그림자를 떼어 내 간수하면 비로소 그 세계에 들어갈 수 있었다. 그림자는 인질이 되어 남겨졌으며 나중에 그림자와 떨어졌던 대가를 치러야 했다.

『해변의 카프카』를 읽을 때 아마도 독자들은 곤혹스러운 점이나 이해 안 가는 부분이 있을 것이다. 예를 들어 『해변의 카프카』 하권 340쪽을 보면 다무라 카프카가 숲 속 세계에 들어가서 열다섯 살의 사에키 씨와 만나고 다음과 같은 대화를 나누기 시작한다. 먼저 입을 연 사람은 그였다.

"도서관에서의 일은 기억해?"

그는 도서관에서 만났던 것을 그녀에게 상기시키려 했다.

"아니, 기억나지 않아. 도서관은 먼 곳에 있어. 상당히 먼 곳에. 여기에는 없어."

그는 또 그녀에게 물었다.

"도서관이 있긴 있어?"

"응. 하지만 그 도서관에는 책이 없어."

"도서관에 책이 없다면 무엇이 있는데?"

대화는 여기에서 뚝 끊긴다. 본래 그는 중년의 사에키 씨와 고무라도서관에서 만났었기 때문에 자연스레 도서관에 관해 물었다. 그런데 소녀 사에키 씨는 왜 숲속 세계에 도서관이 있고 또 그 도서관에 책이 없다는 것을 언급한 걸까?

그 숲속 세계에서 반복적으로 언급되는 화제는 '기억'이다. 중년의 사에키 씨는 현실 세계에서 죽고 나서 일부러 그 공간으로 찾아와 다무라 카프카에게 "너는 돌아가야 해. 나를 기억해 주길 바라기 때문이야."라고 말한다. 그리고 그 직전에는 숲속 세계에서 시간은 중요하지 않고 기억도 중요하지 않다는 그와 소녀 사에키 씨의 대화가 있었다. 소녀 사에키 씨는 "우리한테는 기억을 처리하는 방법이 따로 있어."라고 말했다.

이런 것들은 『해변의 카프카』에서 아무 설명 없이 지나가 버린다. 이것이 바로 하루키다. 그는 우리가 이해하지 못할까 봐 두려워하지 않으며 이것이 그의 자신감이다. 한편으로 소설 속의 철학적 개념은 하루키에게 보통의 극적 스토리보다 훨씬 더 중요하다. 그런 추상적인 개념들을 전달할 때 그는 별로 두려움이 없으며 독자들의 오해를 사지는 않을지 신경 쓰지도 않는다. 그 정도의 위험은 무릅써야 소설 속에 그런 내용을 채울 수 있기 때문이다. 다른 한편으로 하루키는 그런 것들에 관해 자기가 이미 말한 적이 있으므로 『해변의 카프카』에서 되풀이해 말할 필요가 없다고 생각한다. 자신의 또 다른 장편 소설 『세계의 끝과 하드보일드 원더랜드』에서 이미 서술한 적이 있다는 것이다.

'세계의 끝'과 '하드보일드 원더랜드'

상호텍스트적 관점에서 보면 『세계의 끝과 하드보일드 원더랜드』는 대단히 중요하다. 이 이상한 제목의 앞부분인 '세계의 끝'은 중국어판에서는 '세계의 마지막 날'이라고 번역되었다. 우리는 보통 이 말을 들으면 모든 것이 파괴

되어 지금 눈에 보이는 것들이 죄다 사라져 버리는 장면을 상상한다. 또 신앙을 가진 사람에게는 세계의 마지막 날이 마지막 심판일 또는 메시아의 재림과 인간의 구원을 떠올릴 것이다.

세계의 마지막 날은 항상 파멸이나 구원과 관련이 있는 듯한 느낌이 든다. 하지만 그것은 하루키가 쓰려던 게 아니었다. 하루키가 쓰려던 것은 세계의 '끝', 세계의 '종점'이었다. 세계는 언제 끝에 다다를까? 시간이 실종됐을 때이다. 그 지점에서 시간은 사라질 것이다. 세계가 계속 존재해도 시간이 사라짐으로써 끝에 이르고 더 앞으로 나아가지 못할 것이다. 이것이 제목 앞부분의 주된 의미이다.

그러면 제목의 뒷부분은 무엇을 뜻할까? 우선 '하드보일드 원더랜드'에서 '하드보일드'hard-boiled의 어원부터 따져 보자. 미국에는 일종의 대중 소설 장르로 '하드보일드 탐정 소설'이라는 것이 있다. 하루키는 당연히 이 소설 장르를 잘 알며 대표 작가인 레이먼드 챈들러의 소설을 번역한 적도 있다. 몇 년 전 챈들러의 명작『기나긴 이별』이 타이완에서 다시 출판되었는데, 이 신판의 가장 크게 달라진 점은 바로 일본어판 역자의 후기가 추가된 것이었다.

중국어판에 일본어판 역자의 후기가 수록되고 그 후기까지 중국어로 번역된 것은 그리 흔한 일이 아니다. 그 이유는 사실 단순했다. 그 일본어판 역자이자 후기의 글쓴이가 바로 무라카미 하루키였기 때문이다.

하드보일드란 무엇일까? 제일 선명하게 떠오르는 이미지는 완전히 단단해질 때까지 삶은 달걀, 즉 '하드보일드 에그'이다. 뜨거운 물에서 계속 떠올랐다 가라앉았다 하며 삶아지는 달걀처럼 모진 고통 속에서 거듭 몸부림쳐 본 한 영혼을 생각해 보라. 그런 영혼에게 삶이 뭐 그리 신경 쓸 만한 것이고 또 슬픈 일이나 기쁜 일이나 뭐 그리 호들갑을 떨 일이겠는가. 하드보일드는 이런 냉혹하고 비정한 태도를 가리킨다.

탐정 소설은 영국인이 처음으로 썼다. 영국의 탐정은 셜록 홈스부터 에르퀼 푸아로*까지 모두 지나칠 정도로 똑똑하고 여유로워서 현실과 동떨어진 낭만적 색채를 띠었다. 미국 작가 대실 해밋과 레이먼드 챈들러는 이런 낭만적 탐정과 정반대의 전형을 창출했다. 두 사람이 그린 탐정들은 삶의 시련을 실컷 겪은 바 있고 보통 폭음의 습관이 있으며 몸 여기저기에 과거의 상처 자국이 있다. 그들은 남들보다 똑똑해서 탐정이 된 게 아니라 남들보다 악과

* 영국의 소설가 애거사 크리스티의 탐정 소설에 등장하는 주인공.

범죄에 대해 더 잘 알아서, 자기 삶의 경험을 통해 더 잘 이해해서 탐정이 되었다.

셜록 홈스 같은 명탐정은 범죄자와 같은 세계에 있지 않다. 그들은 아주 높은 곳에서, 마치 33층에서 아래를 내려다보는 것처럼 땅 위에서 발버둥 치는 사람들의 보이지 않는 전모를 똑똑히 꿰뚫어 보기 때문에 명탐정이 되었다. 그것은 일종의 죄를 대하는 관점으로 시각이 위에서 아래로 향한다. 하지만 하드보일드 탐정은 다르다. 그들이 죄를 바라보는 관점은 하루키가 『언더그라운드』를 쓸 때 강조한 것처럼 '수평적인' 관점이다. 그 하드보일드 탐정들은 범인과 같은 땅 위에 있고 또 같은 사회의 같은 층위에 있어서 범죄를 간파할 수 있다. 하지만 이런 탐정이 되려면 먼저 수많은 어두운 면을 보고 겪으면서 온몸이 상처투성이가 되고 크나큰 생명의 대가까지 치러야 한다. 그럼으로써 그들은 인간의 마음속 가장 어두운 부분을 정확히 이해하게 된다.

하루키는 '하드보일드' 뒤에 '원더랜드'wonderland를 덧붙였다. 원더랜드도 유래가 있는 단어다. 『이상한 나라의 앨리스』의 본래 제목이 바로 '앨리스 인 더 원더랜드'Alice in the Wonderland이다. 모두가 아는 디즈니랜드도 맨 처음에는 '디즈니 원더랜드'Disney Wonderland라고 불리다가 나중에야 '디즈니랜드'Disneyland로 압축되었는데, 이 원더랜드 역시 앨리스가 온갖 환상적인 경험을 한 그 원더랜드이다. 원더랜드는 앨리스가 토끼를 쫓다가 들어간 이상한 곳으로, 그곳에서 그녀는 갑자기 몸이 커지기도 하고 작아지기도 한다. 놀라서 울다가 잘못 흘린 눈물이 웅덩이가 되어 거기에 동물들이 빠지기도 한다. 이것이 바로 원더랜드로 기이한 사건이 줄줄이 일어나는 판타지 세계다.

'하드보일드 원더랜드'의 판타지 세계

하루키의 『세계의 끝과 하드보일드 원더랜드』는 내용이 명확히 '세계의 끝'과 '하드보일드 원더랜드', 이 두 부분으로 나뉘고 홀수 장과 짝수 장이 번갈아 가면서 각기 '하드보일드 원더랜드'와 '세계의 끝'에 관해 서술한다.

책 전체가 시작되자마자 나타나는 것은 바로 거대한 엘리베이터이다. 소설 속 묘사에 따르면 그 엘리베이터는 대형 사무실처럼 컸다. 하지만 보통 엘리베이터라면 꼭 있어야 할 버튼도 지금 몇 층인지 보여 주는 램프도 없었다. 더 신기한 것은 엘리베이터가 이동하는데도 엘리베이터 안에 있는 사람은 도대체 올라가는지 내려가는지 분간하지 못한다는 사실이었다. 그래서 그 엘리베이터에 타면 문이 언제 열릴지 몰랐고 또 문이 열려도 자기가 몇 층에 도착했는지 몰랐다.

이것은 일종의 판타지 세계이다. 앨리스가 빠진 구멍과 마찬가지로 현실과 동떨어져 있다. 화자인 '나'는 엘리베이터에 탔다가 내리면서 살찐 아가씨와 마주쳤고 그녀는 그를 이상한 늙은 박사에게 데려간다. 노박사는 그에게 어떤 일을 맡긴다. 그 일은 소설 속의, 원더랜드라는 판타지 세계 속의 화자인 '나'에게는 매우 자연스럽고 정상적이었지만 우리가 보기에는 기괴하기 그지없다.

그는 무슨 일을 했을까? 일명 '셔플링'이라는 것이었다. 스스로 좌뇌와 우뇌를 나누고 다른 사람이 준 자료를 우뇌에 입력해 자신도 모르는 원리에 따라 전혀 다른 기호로 변환한 다음 좌뇌로 옮기고, 좌뇌로 옮긴 것을 또 다시 다른 기호로 변환해 출력하는 것이었다.

그것은 신기하고 해독 불가능한 암호 처리 기술로서 암호를 설정하는 그조차도 암호 변환 공식을 알지 못했다. 기호는 그의 잠재의식에 들어가서 그 스스로 통제할 수 없는 잠재의식의 운행 규칙에 따라 우뇌에 들어가 좌뇌로 나왔다. 자신도 대뇌 운행의 프로세스를 몰랐기 때문에 그는 기밀 누설의 기회가 없었으며 다른 사람은 더더욱 암호를 해독하는 게 불가능했다. 암호를 해독하려면 오직 한 가지 방법밖에 없었다. 다시 신호를 좌뇌에 넣고 환원시켜 우뇌로 내보냄으로써 전체 프로세스를 역방향으로 진행해야만 했다.

이런 일을 하는 사람을 '계산사'라고 불렀다. 그리고 이 희한한 직업을 둘러싸고 역시 희한한 분쟁이 일어난다. 계산사와 대립하고 다투는 또 다른 직업으로 '기호사'라는 것이 있었다. 기호사는 항상 암호를 풀어 계산사가 숨겨놓은 정보를 훔치려고 안간힘을 썼기 때문에 양쪽은 끊임없이 싸움을 벌였다. 판타지 속 화자는 노박사가 준 일을 맡은 탓에 기호사와 계산사 사이의 분쟁에 휘말린다.

그 과정에서 그가 얻은 신기한 일각수의 두개골을 놓고 더 복잡한 각축전이 벌어지기도 한다. 어느 날 그의 집에 불편한 인상의 두 남자가 문을 부수고 들이닥쳤다. 그들은 먼저 하고 싶은 말을 횡설수설 늘어놓고서 느닷없이 질문을 던진다.

"이 방에서 네가 가장 아끼는 게 뭐지?"

그가 양복, 가죽점퍼, 텔레비전을 열거하자 두 남자 중 덩치 큰 쪽이 옷장에서 그의 양복과 가죽점퍼를 꺼내 갈

기갈기 찢어 버리고 텔레비전도 박살을 낸다. 그 후로도 30분 동안 그의 방 안에 있는 물건을 전부 때려 부순다. 방 안은 순식간에 쓰레기 더미로 가득 찬다. 여기에서 우리는 또 가장 전형적인 하루키식 캐릭터를 목격한다. 자기 방이 그 꼴이 됐는데도 불구하고 화자인 '나'는 어리둥절하면서도 순순히 받아들이는 눈치다. 마치 '그래, 인생은 때로 이런 거야. 어느 날 누가 문을 부수고 들어와 집을 박살 낼 수도 있어.'라는 식이다.

나중에 그는 그 살찐 아가씨를 따라 지하의 신비한 공간에 들어간다. 그 지하 공간은 도쿄의 복잡한 지하철망과 맞닿아 있었지만 지하철보다 훨씬 더 복잡했으며 거기에는 영원히 빛을 볼 수 없는 야미쿠로라는 존재와 계속 차오르는 물이 있었다. 한동안 알 수 없는 모험을 겪고서 그는 돌아와 다시 노박사를 찾아간다. 노박사는 우리가 가까스로 이해할 수 있는 방식으로 그에게 사건의 전후 맥락을 설명해 준다.

이것이 '하드보일드 원더랜드'이다. 정말 냉혹하게도 어쩌면 이럴까 싶을 정도로 '나'에게는 모진 시련과 불행만 계속된다.

'세계의 끝'에 있는 이상한 마을
다른 쪽의 '세계의 끝'에서는 또 어떤 일이 벌어질까?

짝수 장의 시작 부분에서 수많은 나이프를 가진 문지기가 등장한다. 화자인 '나'가 '마을'에 도착해서 들어가려고 하는데 문지기가 그에게 말한다.

"너는 그림자를 떼야 마을에 들어갈 수 있어."

문지기는 나이프로 그에게서 그림자를 떼어 낸다. 그리고 헤어지기 전, 그림자가 그에게 말한다.

"너는 나를 버리면 안 돼."

그는 미안해하며 답했다.

"나도 어쩔 수 없어. 얼마 동안만 여기 있어 줘야겠어."

이윽고 그는 그 신비한 마을에 들어갔다. 마을은 높고 두꺼운 벽으로 에워싸여 있어서 오직 새만 안팎을 자유롭게 오갈 수 있었다. 그리고 본래 화자가 마을 앞에 도착한 것은 봄이었는데 성문을 통해 마을을 드나들 수 있는 것은 천여 마리의 일각수* 떼뿐이었다. 일각수들은 가을이 되자 털이 아름다운 황금색으로 변했다.

'나'는 마을에 들어간 후 도서관에 배치되었다. 그에게 주어진 일은 도서관에서 '꿈을 읽는 것'이었다. 그런데

* 이마에 뿔이 하나 난 말.(옮긴이)

그 도서관은 책이 없는 도서관이었다. 아마도 독자들은 『해변의 카프카』에서 숲속의 또 다른 세계에 나타난 열다섯 살의 사에키 씨도 책 없는 도서관에 관해 언급한 적이 있다는 것을 아직 기억하고 있을 것이다. 이 마을의 도서관도 본래 책이 놓여야 할 책꽂이에 말라서 하얗게 변한 일각수의 두개골만 줄줄이 놓여 있었다. 그리고 사서 아가씨가 거기에서 그가 '꿈 읽기'를 하도록 돕고 안내해 준다. 그 일은 일각수의 두개골을 앞에 놓고 손으로 만지면서 손가락을 통해 전해지는 어지러운 꿈의 정보를 읽는 것이었다. 이렇게 그는 매일같이 도서관에 앉아 두개골을 하나씩 하나씩 가져와 그 속에 간직된 꿈을 읽었다.

'세계의 끝'의 그 마을에는 또 풍력 발전소가 있었다. '나'는 사서 아가씨와 함께 그 풍력 발전소에 갔다가 그곳의 관리인과 마주친다. 이 부분에서 다시 『해변의 카프카』의 내용을 떠올려 보자. 두 병사를 따라 숲을 뚫고 또 다른 세계에 도착한 다무라 카프카는 그곳의 어느 단층집에 들어간다. 그런데 그 집에는 냉장고와 전등 그리고 텔레비전까지 있었다. 전기는 어디서 끌어오는 것인지, 그리고 텔레비전에서는 무슨 프로를 하고 있는지 다무라 카프카가 묻자 키 큰 병사는 이렇게 답한다.

"작은 풍력 발전소지만, 숲의 안쪽에서 전기를 만들고 있지. 그리고 텔레비전에서 무슨 프로를 하는지는 한 번도 본 적이 없어 잘 몰라. 새로 온 사람에게 도움이 될지도 모른다고 해서 갖다 놓은 것이거든."

나중에 다무라 카프카가 텔레비전을 틀어 보니『사운드 오브 뮤직』이 방영되고 있었다.

'세계의 끝'의 그 마을에 있는 풍력 발전소는 숲 언저리에 있었다. 그런데 마을 사람들은 그 숲에 멋대로 들어가면 안 된다고 '나'에게 경고한다. 숲속에 이상한 사람들이 살고 있다는 게 그 이유였다. 도대체 어떤 이상한 사람들이 살고 있다는 것일까? 그들은 바로 아직 '마음'을 갖고 있는 사람들이었다. 이것을 이해하려면 먼저 그 마을 사람들의 비밀을 알아야만 한다. 사실 사람과 분리된 그림자는 겨울이 되어 햇빛이 약해지면 갈수록 약해지고 희미해지다가 결국 죽고 말았다. 또 그렇게 그림자가 죽고 땅에 묻히면 그 그림자의 주인이었던 사람은 마음까지 잃어버렸다. 마을 사람들은 모두 그런 식으로 그림자의 죽음을 통해 마음을 잃은 사람들이었다. 화자가 마을 도서관에서 만난 사서 아가씨도 마음이 없었다.

마음 없는 사람도 상호텍스트가 있다. 바로『오즈의

마법사』에 나오는 양철 나무꾼이다. 그런데 사람들은 마음을 잃고 나면 한편으로 슬프면서도 다른 한편으로는 일종의 평온함을 얻었다. 어느 날 아침 '나'는 눈이 내린 것을 보았는데, 한 무리의 노인들이 공터에서 구멍을 파고 있었다. 먼저 한 명이 구멍을 파기 시작했지만 아무도 왜 구멍을 파는지 묻지 않았고 이상하게 생각하는 사람도 없었다. 그러고 나서 다들 외투를 벗고 함께 구멍을 팠다. 도대체 얼마나 깊게 구멍을 팔지도, 구멍을 파서 뭘 할지도 계획이 없었으며 그렇게 한동안 파다가 뚝 그치더니 모두 훌쩍 가 버렸다.

'나'는 그게 어떻게 된 일인지 알 수가 없어 자신과 항상 체스를 두는 이웃의 대령에게 물어보았다. 대령이 그에게 말했다.

"바로 그거야! 이 세계의 가장 특별한 점은 목적 있는 일이 없어서 후회할 일도 없다는 거지. 당연히 기대도 없고 말이야. 어떤 일을 해도 다 그렇다고."

구멍을 판 것은 목적 없는 행위였다. 그래서 전후 맥락이 없었고 연관성도 없었다. 모든 사물이 다 그렇게 파편적으로 존재했고 모든 사람도 다 그렇게 파편적으로 평온하게 존재했기 때문에 다툼도, 질투도, 사회적 감수성도, 악에 대한 상상도 있을 리가 없었다.

기억을 다루는 특수한 메커니즘

그 마을 사람들이 단순했던 까닭은 그들에게 마음이 없었기 때문이며 또 마음을 따라다니고 마음을 변하게 하는 가장 중요한 것이 없었기 때문이기도 했다. 그것은 바로 '기억'이었다. 그들에게는 짧고 단편적인 기억만 있고 장시간의 기억은 없었다.

"이 세계에서 그들에게는 기억을 다루는 또 다른 방식이 있다."

『해변의 카프카』에서도 열다섯 살의 사에키 씨가 위의 말과 비슷한 말을 한 적이 있다. 그녀는 다무라 카프카에게 "여기에서는 기억이란 그렇게 중요한 문제가 아니야. 기억은 우리하고는 별도로 도서관에서 다루는 일이거든."이라고 말했다.

그러면 어떻게 기억을 다뤘을까? 마음이 있는 사람은 기억이 마음속에 존재하지만 마을 사람들은 마음이 없었으므로 일각수에게 기억을 흡수시켰다. 일각수들은 저마다 두개골 속에 한 사람의 기억을 저장했다. 그리고 가을에 황금색이었던 털이 겨울이 와서 하얗게 변하면 차례로 죽어 갔다. 죽은 일각수들의 시체는 문지기가 모아 소각했으며 그래서 겨우내 마을에서는 그 냄새가 코를 찔렀다. 소각한 후에도 기억은 일각수의 두개골 속에 남았다.

일각수의 두개골은 전부 도서관으로 보내졌고 새로 마을에 온 사람이 있으면 아직 마음이 다 사라지지 않은 상태이므로 도서관에 배치되어 '꿈 읽기' 일을 했다. '꿈 읽기'는 지나간 기억을 이해하는 것이 아니라 일각수의 두개골에 남아 있는 마지막 기억을 방출하는 것이었다. 그는 일각수의 두개골을 한 개씩 만지면서 불규칙적이고 구체적인 의미가 없는 그 기억들을 방출했다. 다시 말해 완전히 소멸시켰다. 하루키는 놀라운 상상력으로 이렇게 체계적으로 기억을 처리하는 방식을 생각해 냈다.

'세계의 끝'의 이 마을은『해변의 카프카』에 나오는 그 숲속 세계의 원형임이 틀림없다. 하루키는 일찍이 1985년에『세계의 끝과 하드보일드 원더랜드』를 출간해 이 '기억이 없는 세계'를 보여 주었다. 그리고 훗날『해변의 카프카』에서 20년 만에 다시 이 세계를 불러냈다. 그는 정말로 신중하고 끈질긴 작가이다. 20년 전 그토록 정교한 상상의 세계를 소설 속에 힘들여 구축해 놓고 20년 뒤 다시 새로운 작품에서 그것을 활용했으니 말이다. 다른 작가였으면 분명 사람들이 양자 사이의 호응 관계를 모를까 봐 두려워했을 것이다. 하루키는 그렇지 않았다. 그는 지나가는 식으로 슬쩍 풍력 발전소와 숲을 언급함으로써 독자들이 그 제한된 암시만으로 알아서 그 상호텍스트적 관계를 파악하게 했다.

'세계의 끝'은 시코쿠의 기이한 시공간의 숲과 대단히 유사하다. 그곳의 사람들은 기억이 없고 우리가 보통 알고 있는 마음과 감정도 부족하다. 『세계의 끝과 하드보일드 원더랜드』는 마지막에 '세계의 끝'의 그 마을이 어떻게 생겨났는지 설명을 제시한다. 『해변의 카프카』에 왜 그런 기이한 숲속 세계가 나오는지 궁금한 사람은 꼭 읽어 봐야 할 내용이다.

두 소설에 나오는, 기억이 사라진 공간은 서로 약간의 차이가 있다. 무엇보다도 『세계의 끝과 하드보일드 원더랜드』의 그 공간은 성벽에 둘러싸여 있는데, 『해변의 카프카』의 그 세계는 고초를 겪어야 겨우 다다를 수 있는 입구가 있어서 입구를 발견하게 도와주는 커널 샌더스류의 독특한 캐릭터가 필요하다. 이 입구는 매우 중요하다. 만약 『세계의 끝과 하드보일드 원더랜드』를 다시 읽는다면 왜 그런 복잡하고 성가신 입구가 있어야 하는지 더 잘 이해가 될 것이다.

또 다른 세계의 입구

『세계의 끝과 하드보일드 원더랜드』와의 대조를 통해 우리는 『해변의 카프카』에서 명확하게 기록되지 않은 배경을 보충할 수 있다. 『해변의 카프카』에는 그 입구를 통과해 또 다른 세계로 들어갔다가 아마도 입구가 아직 닫히지 않았을 때 다시 나와 현실 세계로 돌아온 인물이 두 명 있다. 한 명은 나카타 씨이고 다른 한 명은 사에키 씨이다. 그들의 그림자가 다른 사람보다 희미한 까닭은 그들의 그림자가 이미 절반은 죽었기 때문이다.

그들은 왜 그 세계에 들어갔을까? 그들은 거기에 들어가서 뭘 했을까? 『해변의 카프카』에서 그 입구는 두 번 열린 적이 있었다. 첫 번째는 태평양 전쟁 당시 도쿄에서 시골로 피난 와서 초등학교를 다니던 나카타가 산속에서 진행된 버섯 따기 실습 시간에 우연히 그 안으로 굴러떨어졌을 때였으며 그 과정은 당시 그의 학교 선생님이 훗날 남긴 편지에 자세히 나와 있다. 반 아이들을 데리고 숲속에 들어가기 전에 그녀가 꿈속에서 전쟁터에 있는 남편과 섹스를 나눈 것, 그리고 숲속에서 갑작스레 생리혈이 터진 것 등은 어떤 특별한 마력과 연관된 것으로 보인다. 이로부터 우리는 입구가 열리는 특수한 조건을 귀납해 볼 수 있다.

첫째는 전쟁과 전쟁이 가져온 죽음의 그림자이다. 둘째는 사랑이고 더 나아가 매우 격렬한 사랑과 섹스이다. 죽음의 영향이나 위협 아래 존재하는 극적이고 열정적인 사랑이다. 셋째는 현실처럼 생생한 꿈이다. 이것은 선생님의 서술에서 명확히 설명되었다. 그녀는 꿈속에서 남편과 현실에서는 해 본 적이 없는 격한 육체관계를 나눈다. 왜 그랬을까? 꿈속에 죽음의 그림자가 겹쳐졌기 때문이다. 죽음의 그림자는 본래의 사랑이나 욕망을 어떤 극적인 방식으로 증폭시킨다. 그리고 이런 조건들이 다 합쳐진 상황에서 또 다른 세계로 들어갈 사람은 본래 선생님이었지만, 일이 잘못돼서 마침 선생님의 생리혈이 묻은 손수건을 발견하고 그녀 앞에 가져간 나카타가 대신 거기에 들어가고 만다.

두 번째로 또 다른 세계의 입구가 열린 것은 사에키 씨에 의해서였다. 사에키 씨가 젊은 시절 사랑했던 남자 친구는 어이없이 죽어 버렸고 그 바람에 가장 행복하고 완벽했던 그들의 사랑은 하룻밤 사이에 아무 의미도 가치도 없이 끝났다. 이때 입구가 열리는 것과 먼젓번에 열릴 때의 공통된 조건은 죽음과 뜨거운 사랑이다. 죽음에 의해 극도로 고조된 사랑 때문에 마치 현실 같은, 심지어 현실보다 더 현실적인 꿈을 꾸게 되었다.

소설 속에 주어진 실마리로부터 우리는 일어난 사건들을 스스로 정리해 낼 수 있다. 사에키 씨의 강한 사념이 사랑, 죽음, 꿈이라는 세 가지 요소와 신비로운 상황에서 한데 모여 입구를 열었으며 이에 그녀는 들어가서는 안 되는, 기억과 마음이 없는 세계로 들어갔다. 그 세계에 들어가서는 뭘 하려고 했을까? 그녀는 "시간을 멈추는 방법을 찾으려" 했다. 그곳에서 자신의 사랑을 되찾기를 바란 것이다. 하지만 자연에 위배되는 그런 방법은 결국 비극을 낳을 수밖에 없다. 소설에서는 설명되지 않은 방식으로 사에키 씨는 그곳에서 나올 수밖에 없었다. 그리고 돌아온 뒤 그녀의 그림자는 마치 바닷속 죽은 자들의 세계에 다녀온 그리스 신화 속 인물처럼 보통 사람보다 절반이나 희미했다. 바꿔 말하면 그녀의 마음도 그림자를 따라 절반은 죽은 것이다.

하루키는 사실 극도로 복잡한 소설을 썼으며 그래서 그렇게 독자가 많은 것은 다소 희한한 일이다. 그가 칭칭

감아 놓은 매듭을 끈질기게 풀 사람이 얼마나 될까? 하지만 별로 열심히 정리하고 사색하지 않아도 대다수 독자는 그의 소설에서 어떤 분위기를, '사랑의 신화'적 분위기를 느낄 수 있다. 그게 무엇인지 꼭 확실히 얘기할 수는 없더라도 말이다.

하루키의 소설은 사실 하나하나가 다 사랑의 신화이다. 만약 사랑의 신화의 관점에서 본다면 우리는 다무라 카프카가 그 세계에 들어가려 한 이유에 대해서는 다르게 이해하게 될 것이다. 우선 잠시 생각해 보자. 앞의 두 번의 예를 따른다면 어떤 상황에서 입구는 세 번째로 열렸을까? 또 입구는 왜 열린 다음에 다무라 카프카를 들여보내고 나중에 다시 내보냈을까? 더욱이 그를 들여보내기 위해 저 머리 나쁜 나카타 씨가 도쿄에서 시코쿠까지 쫓아가서 입구가 열리게 도와준 것은 무엇 때문일까?

이 문제들에 답하기 위한 한 가지 방법은 하루키의 이전 작품에서 단서를 찾는 것이다. 우리는 앞에서 하루키의 상호텍스트 체계가 어떻게 그리스 비극과 카프카와 오에 겐자부로와 연관되는지 살펴본 바 있다. 하지만 그 상호텍스트 체계에서 가장 큰 부분은 어쨌든 하루키 자신의 작품과 연관되어 있다. 입구가 세 번째로 열린 의미를 이해하려면 우리는 『태엽 감는 새 연대기』를 들춰 볼 필요가 있다.

『태엽 감는 새 연대기』

'사랑의 신화'의 기준으로 보면 『태엽 감는 새 연대기』는 가장 강렬한 사랑의 신화이다. 한 남자가 이웃집의 메마른 우물로 들어가 스스로 원하여 위험과 수수께끼가 가득한 세계로 넘어가는데, 이것은 오직 사랑을 되찾기 위해서이다. 『태엽 감는 새 연대기』는 바로 이에 관한 이야기로 요약된다.

무라카미 하루키가 예순에 『1Q84』를 출판하면서 먼저 두 권을 내자 사람들은 3권도 나오겠다고 바로 예측했다. 왜냐하면 도서 홍보 문구에 『1Q84』가 하루키의 '가장 긴 작품'일 것이라는 내용이 있었고 앞 두 권의 분량이 『태엽 감는 새 연대기』에 못 미쳤기 때문이다. 본래 하루키의 작품 중 가장 긴 작품은 바로 『태엽 감는 새 연대기』였다.

『태엽 감는 새 연대기』는 분량이 얼마나 될까? 하루키의 또 다른 소설 『국경의 남쪽, 태양의 서쪽』은 본래 『태엽 감는 새 연대기』의 4부였는데 따로 떼어 독립적인 작품으로 발표되었다. 그런데 이 『국경의 남쪽, 태양의 서쪽』을 제외하고도 『태엽 감는 새 연대기』는 모두 세 권이다.

아울러 『태엽 감는 새 연대기』의 또 한 가지 중요성은 하루키가 『노르웨이의 숲』에서 벗어나는 전환점이 되었다는 데 있다. 사실 그가 일본 문단에서 부상하고 나아가 일본 외의 국가에서 인기를 끌기까지 『노르웨이의 숲』은 핵심적인 역할을 담당했다. 이 작품은 2009년까지 일본에서만 단행본과 문고본을 합친 총 인쇄 부수가 천만 권을 돌파했다.

딱지 위에 또 상처 입는 삶

하루키는 『노르웨이의 숲』에서 어떤 특별한 캐릭터의 원형을 만들어 냈다. 그 캐릭터의 원형은 일부가 앞에서 설명한 미국의 하드보일드 탐정 소설에서 비롯되었다. '하드보일드 탐정'의 삶은 두껍게 딱지가 져 있다. 그는 온몸에 계속 상처를 입는다. 상처를 입어 피가 난 뒤 딱지가 앉고 딱지가 떨어진 뒤 다시 상처를 입는다. 이런 인물의 표면적인 특징은 바로 '어떤 것에도 놀라지 않는' 것이다. 그는 이미 모든 것을 보았기 때문에 어떤 것에도 놀라서 호들갑을 떠는 일이 없다. 자기가 처음 접해 보는 일이어도 역시 마찬가지다. 이런 '터프 가이'의 마음은 사실 마비되어 있다. 일찍이 너무 많은 것들에 상처를 입은 탓에 계속 살아가려면 스스로 마비될 수밖에 없다. 하루키의 캐릭터는 이처럼 특수한 터프 가이의 특징을 갖고 있다. 그들의 몸에 상처 자국이 별로 많지 않아도 그렇다.

『노르웨이의 숲』의 와타나베 역시 어떤 일에도 놀라지 않는다. 이 인물은 하루키 캐릭터의 원형이다. 『세계의 끝과 하드보일드 원더랜드』 같은 소설이 성립할 수 있는 것도 주인공의 그런 쿨한 성격 덕분이다. 화자인 '나'는 어떤 일을 당해도 쿨하게 어깨를 으쓱이며 받아들여서 '어떻게 이런 일이 있을 수 있지?'라는 독자의 의문을 자연스럽게 제지한다. 그래서 다른 사람의 소설에 나오면 독자가 싫어할 게 분명한 속되고 과장된 스토리도 하루키 소설에서는 전부 용인된다.

많은 일을 겪어 봤기 때문에 그는 스스로 다 받아들이고 참아 낸다. 낯선 자들이 자기 집을 다 때려 부수는데도 그냥 수수방관한다. 자기가 그들에게 뭘 잘못했는지도 묻지 않으며 그들에게 저항할 생각 같은 것은 아예 없다.

하루키 소설을 특징짓는 하나의 키워드는 '통과'이다. 많은 일들이 주인공에게 일어나지만 그는 항상 그 일들이 '나를 통과한다'고 생각한다. 그는 통과의 대상이며 선택의 여지 없이 그냥 통과하는 대로 내버려 둔다.

우리가 때로 너무 극적인 스토리를 못 참는 것은 등장인물에게 감정 이입을 하기 어렵기 때문이며 어쨌든 우리 자신이 그런 극적인 상황을 만난 것은 아니기 때문이다. 등장인물이 슬퍼서 대성통곡을 해도 우리는 거북해하거나 '정말 저런 일이 있을까?'라고 느끼기 쉽다. 그런데 하루키 소설에서는 주인공이 대성통곡 같은 것을 할 리가 없다. 여자 친구가 죽어도 그는 '아, 살면서 어쨌든 이런 일도 있게 마련이지. 할 수 없지 뭐.'라고 생각한다. 그 일은 그를 '통과'하고 그는 그 비극이 통과해 가는 매개체일 따름이다. 우리는 상대적으로 이런 정서를 받아들이기가 더 쉽다!

그런데 하루키의 소설 창작에는 어떤 전환점이 있었다. 비교적 초기 작품에 속하는 『세계의 끝과 하드보일드 원더랜드』에서 화자인 '나'는 '하드보일드 원더랜드'에서든 '세계의 끝'에서든 똑같이 갖가지 현상들이 자기를 '통과'하게 놔둔다. 기괴한 현상들이었지만 그는 어쩔 도리가 없었다. 그런데 어느 순간 '그림자'의 존재가 부각된다. 주인공은 본래 체념하고 계속 꿈을 읽으며 그 세계에 눌러앉으려 했다. 하지만 그의 그림자는 끈질기게 그를 설득한다.

“우리는 가야 해, 가야 한다고. 이곳을 탈출해서 우리 둘은 다시 하나가 돼야 해.”

그가 아니라 그의 그림자가 탈출하려 했다.

제9장 영원한 소년의 정신

사랑을 위해 악에 맞서다

정말로 중요한 변화는『태엽 감는 새 연대기』에서 일어났으며 더욱이 그것은 의식적인 변화였다.『태엽 감는 새 연대기』의 주인공 오카다 도루는 역시 소극적이고 냉담한 인물이다. 소설의 도입부에서 그는 변호사 사무실에서 서기로 일하고 있는데, 일은 별로 안 하고 싶지만 계속해도 상관은 없다는 식의 태도를 보인다. 아내가 일을 하고 싶지 않으면 하지 말라고 해서 결국 직장을 나와 집에서 매일 샌드위치와 파스타를 만든다. 그는 냉담하고, 소극적이고, 외롭고, 이 세상과 별로 관계가 없는 사람이다.

자기 주변에 이상한 일이 생겨도 그는 상관하지 않았다. 예를 들어 고양이가 안 보인다고 아내가 걱정을 하며 좀 찾아보라고 하자, 그는 비로소 깨닫고 "그러네, 고양이가 안 보이네."라고 한다. 고양이를 사랑하지 않는 것도 아니고 사실 고양이와 아주 친밀한데도 그랬다. 하지만 그는 결국 고양이가 사라진 것에 대해 '아, 세상일이 이렇지. 고양이가 때로 사라지기도 하고.'라는 식으로 반응한다. 그러고 나서는 빨간 모자를 쓴 이상한 사람이 찾아와 그에게 역시 이상한 말을 잔뜩 늘어놓는다. 그래도 그의 반응은 똑같이 역시나 '세상일이 이렇지. 빨간 모자를 쓴 이상한 사람이 이상한 얘기를 잔뜩 늘어놓기도 하고 말이야.'라는 식이었다.

그러다가 아내가 감쪽같이 사라진다. 그의 첫 반응은 여전히 '이건 정말 괴로운 일인걸. 하지만 이런 일도 생기곤 하지.'였다. 소설이 계속 이런 식으로 전개됐다면 그것은 또 한 권의 『노르웨이의 숲』이 되어, 그는 그녀가 자기 삶에 무엇을 남겼는지 기억하다가 금세 추억으로 취급했을 것이다. 하지만 『태엽 감는 새 연대기』는 그렇게 되지 않았다. 『태엽 감는 새 연대기』는 오카다 도루가 자신의 성격대로 우선 아내가 자기 곁을 떠난 사실을 받아들이려 하는 것을 기록한다. 어느 날 아내의 오빠가 나타나 그에게 몰랐던 사실을 알려준다.

"내 여동생은 애인이 있어서 떠난 거야. 그 애는 당신과 6년을 함께 살았지만 당신이란 사람은 뭐 하나 제대로 한 게 없었지. 그래서 그 애는 다른 남자를 찾아서 같이 떠난 거라고. 당신은 이제 끝장이야."

심지어 그의 아내는 자기가 어떻게 다른 남자와 잤고 또 어떻게 다른 남자에게 예전에는 없던 강한 성욕을 느꼈는지 고백한 편지까지 그에게 남겼다.

그의 본래 성격대로라면 이런 심한 일까지 당했으니 그냥 사태를 받아들여 '통과'시키는 게 옳았다. 하지만 그 과정에서 그는 심상치 않은 현상을 발견하기 시작한다. 첫째, 그는 아내가 구하러 와 달라고 자신을 부르고 있는 것을 은밀히 느낀다. 둘째, 몇 가지 신비한 연결을 통해 이야기가 만주까지 확장되고 일본과 러시아의 전쟁까지 연관돼서 그는 또 다른 세계로 들어간다. 그 세계는 『해변의 카프카』와 『세계의 끝과 하드보일드 원더랜드』의 시간이 정지된 세계와는 달랐다. 그 세계는 매우 작은, 어느 식당 안의 방 한 칸이었으며 신비한 여자가 거기에서 기다리고 있었다. 그 방에서 아내의 오빠가 수시로 뛰어드는 것을 비롯한 여러 가지 괴이한 일들이 벌어진다. 본래의 세계에서 그 방으로 들어가기까지 그는 자신이 통제할 수 없는 여정을 거쳐야 했으며 그곳으로 들어가는 입구는 오래된 마른 우물 밑에 있었다.

모든 현실 조건을 다 따져 봐도 아내를 포기하는 것이 옳았지만 그는 우물로 내려가 그 세계에 들어가서 어떻게든 아내를 구하는 쪽을 택했다. 이것은 완전히 다른 소설이다. 역시 '사랑의 신화'이기는 해도 이 신화의 주제는 까마득히 오래된 '영웅이 미인을 구하는 이야기', 다시 말해 '다른 세계에 들어가 자신이 사랑하는 사람을 구하는 이야기'이다. 『태엽 감는 새 연대기』는 본질적으로 이런 사랑의 신화다. 다른 세계에 들어가 전혀 승산 없는 어둠의 세력과 맞서야 하고 또 도망칠 만한 이유가 충분히 있는데도 불구하고 오카다 도루는 도망치지 않고 용감히 아내를 구하러 갔다.

사악한 힘의 상징

이것은 『해변의 카프카』와 무슨 관계가 있을까?

이 의문은 한 가지 문제와 관련이 있다. 그것은 우리가 『해변의 카프카』를 처음부터 끝까지 다 읽어도 답할 수 없는, 하지만 대단히 중요한 문제이다. 그것은 바로 소설 속 아버지가 대체 무엇이냐는 것이다. 살해된 아버지는 무엇일까? 소설에서는 두 가지 버전을 제시한다. 하나는 나카타 씨가 고양이를 구하기 위해 고양이의 심장을 먹어 치운 조니 워커를 살해한 것이다. 다른 하나는 다무라 카프카가 기억을 잃고 어느 신사의 경내에서 정신을 차렸을 때 그의 몸이 피투성이가 된 것이었다. 나카타 씨가 죽였든 다무라 카프카가 죽였든 그 아버지는 죽었다.

그런데 왜 그는 살해돼야 했을까? 왜 이 아버지는 한결같이 악의 상징으로 간주될까? 소설에서는 처음부터 끝까지 이 아버지가 도대체 어떠한 악인지 우리에게 알려 주지 않는다. 어머니 사에키 씨에 대해서는 많은 서술이 있지만 아버지는 어떤가? 단지 오시마 씨가 물었을 때 다무라 카프카가 간단히 아버지는 예술가이고 뭔가 무서운 점이 있다고 말했을 뿐이다. 하지만 도대체 무엇이 무섭다는 것인가?

하루키가 이 문제를 회피한 것은 왜일까? 소설 기법상의 심각한 오류 또는 자신의 심적인 저항 때문에 아버지의 문제를 제대로 처리하지 못한 것일까?

아마도 그렇지는 않을 것이다. 『해변의 카프카』에는

이상한 장이 하나 있다. 홀수 장도 아니고 짝수 장도 아닌, 일련번호가 아예 없는 장이다. 이 장에서 다무라 카프카의 분신인 까마귀 소년은 사력을 다해 조니 워커가 또 다른 세계에 들어가는 것을 막는다. 나카타 씨의 이야기에 따르면 조니 워커가 상징하고 대표하는 것은 바로 아버지이다. 일련번호가 부여되지 않은 그 장은 다무라 카프카가 또 다른 세계에 들어가야 하는 이유를 표명하려고 하는데, 그중 한 가지 중요한 이유는 그 사악한 아버지가 그 세계에 못 들어가게 막기 위해서다. 다무라 카프카는 입구가 열린 순간을 틈타 현신한 그를 소멸시킨다.

그다음에는 나카타 씨가 죽고 홀로 남은 호시노 군이 나카타 씨의 시체에서 나온 알 수 없는 존재를 제거하는 장면에 주목해야 한다. 그 공포스러운 순간에 호시노 씨는 까마귀 소년의 대리자인 동시에 다무라 카프카의 대리자가 되어 그 일을 마무리 짓는다. 그런데 악의 힘이 분명한 그 역겹고 끈적끈적한 존재는 어디서 온 것일까? 이에 대한 답은 『태엽 감는 새 연대기』로 돌아가야 찾을 수 있다.

두 작품을 대조하여 읽고 서로 호응하는 많은 상징을 정리하고 나서 나는 다음과 같이 확신할 수 있게 되었다. 즉, 『해변의 카프카』가 악에 관해 침묵하고 또 악에 관해

서술하지 않은 것은 이전에 『태엽 감는 새 연대기』에서 이미 이야기한 적이 있기 때문이다. 『태엽 감는 새 연대기』에서 사악한 힘의 대표자는 오카다 도루의 아내인 오카다 구미코의 오빠 와타야 노보루이다. 이 사람은 누구일까? 이 사람은 어떤 중요성을 갖고 있을까? 그는 기존 정치 세력을 계승해 떠오르는 정계의 스타로서 수시로 방송에 출연해 아무도 반박할 수 없는 논리를 펼치며 대중을 아무렇지도 않게 속여 넘기는 능력을 갖추고 있다.

하루키는 책 속에서 이 인물의 사악한 힘을 직접적으로 서술하지는 않는다. 크게 에둘러서 만주에 관해 쓰고, 러시아와의 전쟁에 관해 쓰고, 일본 역사상 가장 어두운 부분인 군국주의의 발흥과 권력 탈취에 관해 쓴다. 사실 구미코의 오빠는 다무라 카프카의 아버지에 해당하며 둘은 모두 일본식 가부장제의 대표자이다. 그리고 가부장제와 가부장주의는 곧 군국주의의 원천이다. 그들은 스스로 설명하지 못하면서도 전적으로 신봉하는 어떤 진리에 대한 신념을 갖고 있다. 그것이 왜 진리인지 스스로에게 설명할 필요를 못 느끼면서도 무조건 그것을 진리로 믿는다는 것이며 이것이 바로 인간 세계에서 가장 사악한 힘이다.

『태엽 감는 새 연대기』에서의 사악한 힘은 구체적인 위협을 형성한다. 그것은 한 선동적인 정치가이며 그는 일본 사회에서 명성이 갈수록 커지고 지지도도 갈수록 높아짐으로써 참의원 선거에서 압도적인 승리를 거둔다. 텔레비전에서도 수시로 그의 얼굴이 비치고 잡지에서도 수시로 그의 얘기를 다룬다. 그는 일약 새로운 정치 스타로 떠오른다. 그런데 그가 정치 스타의 후광을 이용해 선전하는 것은 죄다 그럴듯하게 꿰맞춘 공허한 논리뿐이다. 이것은 정말로 공포스러운 위협, 사회에 대한 위협으로 과거 군국주의의 망령이 깃들어 있다.

오카다 도루는 아내 오카다 구미코를 구하러 가야 했고 관건은 그에게 그런 악에 맞서고 대항할 용기가 있느냐 없느냐에 달려 있었다. 이에 또 다른 세계에서 그는 내력이 있는 야구 방망이로 어떤 괴한의 머리를 박살 내고 같은 시간, 이쪽 현실 세계에서는 구미코의 오빠가 뇌졸중에 걸려 혼수 상태가 돼 버린다.

또『태엽 감는 새 연대기』에는 종전 후 만주국의 혼란을 다룬 부분이 있다. 한 무리의 군사 학교 생도들이 도망을 치려 하지만 도중에 붙잡힐까 봐 당연히 군복은 입을 수 없었고 그들에게 유일하게 남은 옷인 야구복으로 갈아입었다. 그들은 야구복을 입고 야구 방망이를 든 채 어느 시합에 가는 것처럼 위장했으며 도중에 야구 방망이로 일본군 병사를 때려죽이기도 했다. 야구 방망이는 확실히 군국주의 일본에 대한 강한 반감의 의미를 띤다.

회피자를 추궁할 책임

하루키가 이 두 권의 소설을 통해 전달하는 메시지는 매우 분명하다. 그는 진지하게 도피자의 책임을 추궁하고 있다. 왜 그런 악의 힘이 존재할까? 왜냐하면 너무나 많은 이들이 본래 오카다 도루가 그랬던 것처럼 어쨌든 이 세계에서는 그런 일이 일어나게 마련이라고 생각하기 때문이다. 일단 우리가 맞서는 것을 회피하면 그 악의 힘은 갈수록 커지고 나아가 갈수록 더 많은 사람을 인질로 삼는 동시에 더 많은 일을 통제함으로써 그야말로 무소불위의 힘을 행사하게 된다.

오카다 도루와 다무라 카프카는 자신들의 삶 속에서 동일한 문제를 처리해야만 했다. 다른 사람들과 보통의 상식은 그들에게 그 악의 힘은 무적이며 저항할 수 없는 운명이라고, 빛나는 황금색 외관 속에 숨겨진 그것과 무슨 수로 싸우겠느냐고 조언한다.

하루키는 보통 부정적인 일에 관해 글을 쓰긴 하지만 결코 어둡고 비관적인 사람은 아니다. 그리고 그가 전하려는 메시지는 놀라울 정도로 뚜렷하다. 만약 우리가 싸우려고 결심한다면 어떻게든 우리 자신을 강하게 할 방법을 찾을 수 있고 설령 또 다른 세계에 들어가야 해도 우리를 도와줄 기괴하고 신비한 힘이 존재한다는 것이다. 실제로 오카다 도루 곁에는 그를 도와주는 이상한 사람들이 있었다. 우선은 그 빨간 모자를 쓴 사람이, 그다음에는 한물간 패션 디자이너와 그녀의 말 못하는 아들이 있었다. 그 신비하고 괴상한 사람들은 우리를 대신해 맞서 싸워 주지는 못해도 우리에게 기꺼이 싸울 용기만 있으면 즉시 달려와 우리를 도와줄 것이다.

다무라 카프카도 마찬가지였다. 그는 우연히 오시마 씨를 만났고 더욱이 나카타 씨가 멀리 도쿄에서 시코쿠까지 그를 따라가서 도움을 주었다. 나카타 씨도 도중에 호시노 군을 만났으며 호시노 군은 나카타 씨를 도와주면서 자기 삶의 목표를 찾는다. 호시노 씨는 고치시에서 어느 카페에 들어갔다가 마침 그 안에서 틀던 베토벤의 「대공」 트리오를 듣게 된다. 카페 주인은 그에게 '대공'은 베토벤의 후원자였던 루돌프 대공을 뜻한다고 알려 주었다. 이때 호시노 군은 베토벤 같은 천재도 곁에 도와주는 사람이 필요했으며 루돌프 대공 같은 사람의 역할도 없어서는 안 될 뿐만 아니라 깊은 의미가 있다는 것을 깨닫는다.

경쾌함 속에 숨겨진 심각함

내가 다음과 같이 이야기해도 너무 심각하거나 설교조로 들리지 않기를 바란다. 『태엽 감는 새 연대기』와 『해변의 카프카』를 대조해 읽어 보면 하루키가 그와는 무관하다고 사람들이 생각하는 '전후 3세대'의 관심 영역에 들어가려 한 것을 발견할 수 있다. 그는 자신의 방법에 따라 무엇이 '일본인의 전쟁 책임'인지 성찰한다. 일본인의 전쟁 책임 중 가장 무서운 것을 하루키는 소설에서 펼쳐 보이는데, 그것은 아버지, 가부장제, 군국주의를 모두 운명으로 받아들이고 어떠한 문제 제시도, 저항도 하지 않은 것이다. 운명을 핑계로 삼은 사람들의 그런 회피로 인해 군국주의의 사악한 힘이 그토록 엄청난 파괴를 자행한 것이다.

나는 이 두 권의 소설이 군국주의에 관해서만 이야기하고 있다고 주장하는 것은 아니다. 단지 하루키가 진지하게 그토록 많은 상호텍스트를 짜 넣었으니 우리도 진지하게 그 상호텍스트들을 일일이 독서 경험의 일부로 만들면서 배후에 자리한 군국주의와 전쟁 책임의 메시지까지 읽어 내기를 바랄 뿐이다.

하루키는 직접적인 방식으로 이런 문제들을 논의하는 것을 원치 않거나 그렇게 하지 못한다. 오직 그것들을 상호텍스트 안에 숨겨서 나타낸다. 하지만 그는 매우 심혈을 기울여 정교하게 나타낸다. 역사, 군국주의, 전쟁 책임, 개인과 집단의 사회적 책임 등이 전부 명백하게 발현된다. 우리는 귄터 그라스가 논의한 것과 흡사해 보이는 이런 제재들을 하루키의 작품 속에서 모두 확인할 수 있다. 사실 일반적인 이미지로 보면 하루키의 작품은 매우 가볍다. 귄터 그라스의 심각함과 비교하면 더더욱 그러하다. 하지만 하루키는 복잡한 작가이며 그의 심각함은 표면적인 경쾌함 속에 숨겨져 있다.

하루키의 작품을 읽을 때마다 내 머릿속에 자연스럽게 떠오르는 이미지는 거미이다. 그는 마치 거미처럼 부지런히 빽빽한 그물을 짜 낸다. 만약 우리가 안전하게 그 그물 밖에 머문다면 정교하고 아름다운 그물이 눈에 들어올 뿐이다. 하지만 진정으로 안에 들어가서 그 그물이 몸에 달라붙으면 더는 무심하고 홀가분하지 못할 것이다. 아무리 몸부림쳐도 벗어날 수 없는, 단단히 붙들린 느낌이 들

것이다.

어떻게 그 그물 속에 들어가느냐는 진지하게 그의 상호텍스트적 단서를 다루는 데 달려 있다. 그물 속에 들어가면 우리는 그 아버지에 대한 그의 공포를 느낄 것이다. 그의 아버지에 대한 공포와 군국주의의 사악함에 대한 묘사는 아마도 귄터 그라스의 작품보다 더 충격적이다. 왜냐하면 훨씬 더 절실하기 때문이다. 우리는 그 사악함을 생생하게 느낀다. 단지 머리로만 아는 게 아니다.

무라카미 하루키는 오에 겐자부로와는 다르다. 오에 겐자부로는 공개적으로 자신의 정치적 태도를 표명했지만 그는 여태껏 직접적으로 현실 정치에 관해 글을 쓴 적이 없다. 또한 자기 삶의 기억과 전쟁의 관계에 대해서도 제대로 묘사한 적이 없다. 그는 자신의 집안 배경에 관해, 특히 아버지에 관해서는 거의 이야기하지 않았다. 따라서 현재까지 우리는 하루키라는 사람을 통해, 다시 말해 소설가로서의 그가 아니라 개인으로서의 그를 통해서는 그와 아버지의 관계를 이해할 방법이 없다. 이것은 매우 어둡고 또 하루키가 극구 밝히려 하지 않는 영역이다. 이 밖에 중국도 그가 함부로 언급하지 않는 영역이다. 소설 속에서 전쟁을 건드릴 때마다 그는 만주국에 관해 쓰곤 한다. 만주국을 제재로 삼아 군국주의를 건드릴 수 있기는 하지만 그 제재가 꼭 중국의 만주국일 필요는 없는 것이다.

나는 전쟁의 책임을 다룰 때는 자신의 정신이 감당할 수 있는 상황에서 가능한 한 단순화한 방식은 피하여 논의해야 한다고 주장해 왔다. 우리 세대는 이미 전쟁에 관한 직접적인 원한의 기억은 갖고 있지 않으므로 아마도 꼭 그렇게 직접적이고 단순하게 자기중심적 입장에서 출발할 필요는 없을 것이다. 과거에 크나큰 원한을 가진 상태에서 우리는 누가 전쟁의 기억에 대해 침묵을 지키거나 전쟁 중에 자신이 저지른 일을 언급하지 않는 것을 보면 당연히 그것을 범죄의 연장으로 간주했다. 그가 공개적으로 잘못을 시인하지 않기 때문이었다. 하지만 집단 심리에 대한 인지와 이해가 다소 복잡하다고 한다면 그렇게 직접적이고 단순하게 옳고 그름을 대하지 않을 수도 있을 것이다.

소년의 정신으로 되돌아가기

일본과 독일의 종전 후 태도에는 확실히 대조적인 면이 있다. 보통은 독일인이 좋은 본보기라고 생각한다. 전쟁에 대해 응당 해야 할 참회를 수행했고 또 아우슈비츠 수용소를 보존해 전쟁의 죄악을 기억해 두었기 때문이다. 그런데 이와 반대로 일본인은 죄를 인정하지 않고 제2차 대전 얘기만 나오면 히로시마 원폭을 거론하며 자신들이 인류사의 유일한 원폭 피해자라고 주장해 왔다. 스스로 전쟁 피해자임을 강조해 가해자로서의 정체성을 은폐한 것이다.

하지만 우리가 더 깊이 들어가 보면 그런 태도를 취했다고 해서 일본인이 독일인보다 더 잘 지내지는 못했음을 알 수 있다. 일본인이 치른 대가는 급속한 전향이었다. 서둘러 전쟁의 과거와 결별하고 전혀 상반된 입장을 취함으로써 교묘하게 전쟁의 책임을 회피했다. 그들은 죄를 뉘우치는 대신에 곧장 과거를 배반하고 방향을 바꿔 과거의 적을 친구로 삼았다. 아니, 심지어 우상으로 삼고 숭배했다.

독일인은 그러지 않았다. 그들은 전향하여 미국을 숭배하지 않았고 서양의 승전국들에 비굴한 태도를 보이지도 않았다. 그들은 패전의 고통을 억누른 채 끊임없이 비판을 감수하고 또 끊임없이 죄를 뉘우쳤다. 그러나 일본인은 급작스레 방향을 틀어 기억을 부정하고 심지어 조작하려 했으며 그런 조작과 부정은 그 자체로 그들의 또 다른 난처한 기억이 되었다. 수십 년간 그렇게 왜곡된 다중적 기억의 환경 속에 살면서 과연 그들이 얼마나 잘 지낼 수 있었을까?

하루키는 자신의 복잡한 텍스트를 이용해 줄곧 일본 사회의 그렇게 왜곡된 심리 환경과 맞서 왔다. 하지만 그의 복잡성은 흔히 일종의 천진한 방식으로 표현되곤 한다. 예를 들어 『해변의 카프카』에서는 주인공이 열다섯 살의 소년이며 세상의 복잡한 갈등이 열다섯 살 소년의 고통과 모험과 자기 단련과 자아 추구로 표현된다.

다무라 카프카가 열다섯 살인 것은 부분적으로 소설의 설득력에 관한 계산에서 비롯되었다. 그가 짊어진 저주는 아버지를 죽이고 어머니를 범한다는 것이었는데, '어머니를 범하는' 부분을 감안하면 확실히 그의 나이가 너무 많아서는 곤란했다. 만약 그가 서른 살이면 그의 어머니는 쉰다섯 살은 돼야 한다. 그렇게 될 경우, '어머니를 범하는' 스토리는 읽기가 너무 부담스러워진다. 독자들은 마흔 살의 여성을 사랑하는 것은 비교적 쉽게 받아들이지만 쉰다섯 살의 여성을 사랑하는 것에 대해서는 그렇지 않다.

열다섯 살은 막 청춘기에 접어든, 자아를 수립해야 하는 중요한 나이로서 자기가 도대체 어떤 사람이 될지 결정해야 한다. 까마귀 소년은 "넌 전 세계에서 가장 터프한 열다섯 살 소년이 돼야 해."라고 반복해서 말하곤 했는데, 이 말은 특별한 힘과 흡인력이 있다.

더욱이 이런 소년의 정신 또는 소년의 분위기는 책 속의 다른 인물에게도 일관적이다. 우리는 사에키 씨가 열다섯 살 때로 돌아간 것을 보았다. 나카타 씨는 어릴 때 사고를 당한 후 성장이 멈춰 소년의 마음에 머물게 되었다. 이상한 일에 휘말린 호시노 군 역시 그 과정에서 그런 소년의 분위기에 젖어 든다.

호시노 군 같은 트럭 운전사가 어떻게 하이든과 베토벤의 음악에 감동했을까? 이런 스토리가 신빙성이 있을까? 당연히 신빙성이 있다. 만약 그에게 열다섯 살 소년의 정신이 일깨워졌다면, 그때 모든 것이 아직 정해지지 않아 어떻게 해야 할지 모색 중이었는데 그런 호기심과 용기가 일깨워졌다면 그는 당연히 하이든과 베토벤의 음악 속에서 깨달음을 얻을 수 있었을 것이다. 이것은 그가 트럭 운전사인 것과는 아무 상관도 없다.

우리가 그런 소년의 정신으로 돌아가 용감하게 스스로 삶의 방향을 결정하기를, 운명을 핑계와 방패막이로 삼는 일이 없기를 바란다. 비록 설교처럼 들리기는 하지만 이것이야말로 하루키가 『해변의 카프카』를 통해 진정으로 독자들에게 호소하는 핵심 주제이다.

옮긴이의 말

우리 모두의 하루키

내가 처음 읽은 무라카미 하루키의 소설은 1979년에 나온 그의 데뷔작 『바람의 노래를 들어라』였다. 1987년에 발표한 『노르웨이의 숲』이 아니었다. 이것은 흔한 경로가 아니다. 한국의 초기 하루키 독자들은 대부분 『노르웨이의 숲』의 한국어판인 『상실의 시대』로 처음 하루키 소설을 접했기 때문이다. 참고로 『바람의 노래를 들어라』의 한국어판은 1991년에 출판되었고 『노르웨이의 숲』의 몇 가지 한국어판 중 동명의 것은 1993년에, 가장 잘 알려지고 많이 팔린 『상실의 시대』는 2000년에 출판되었다. 그리고 나는 1992년에 『바람의 노래를 들어라』를 읽고 나서 한참 뒤인

2000년에야 '어쩔 수 없이' 『상실의 시대』를 읽었다.

1992년 당시에도 하루키는 유명세를 타고 있었지만 2000년에 가서는 아예 문학청년들의 아이콘 중 하나가 돼 버렸다. 특히 김현철의 「춘천 가는 기차」가 배경 음악으로 깔리는 어느 휴대 전화 광고에서 '낭만적으로' 노출된 후로 『상실의 시대』는 그야말로 청춘의 '필수 소품' 같은 존재가 돼 버렸다. 물론 2000년에 나는 이미 유부남이었으므로 그런 필수 소품 따위는 불필요했지만 어쨌든 남들이 다 읽는 책은 예의상 한번 읽어 봐야 했고 홀린 듯 정신없이 읽고 나서는 이제 하루키는 그만 읽기로 마음을 정했다. 『상실의 시대』는 『바람의 노래를 들어라』의 변주와 확장이었기 때문이다. 상처투성이의 고독한 청춘들이 짐짓 쿨하고 무미건조한 몸짓으로 비정한 운명을 헤쳐 나간다는 점에서 두 작품은 같은 권역에 속해 있었다. 나는 속으로 가볍게 단정했다. 이런 작가로구나, 이렇게 계속 쓰겠구나, 더 파 볼 필요는 없겠구나.

나는 그렇게 20년 동안 하루키를 잊었다. 『해변의 카프카』와 『1Q84』가 대형 베스트셀러가 되고 『색채가 없는 다자키 쓰쿠루와 그가 순례를 떠난 해』와 『기사단장 죽이기』가 엄청난 선인세 때문에 출판계를 떠들썩하게 했지만 하루키는 이미 내게 '잊힌' 작가였으므로 신경 쓰지 않았다. 중간에 우연히 하루키의 논픽션 『언더그라운드』를 보고 '이 작가가 이렇게 사회성 짙은 글을 써?' 하고 놀란 적이 있긴 했지만 그래도 이미 굳어진 내 편견은 좀체 흔들리지 않았다. 사람이 잘 안 변하는 것처럼 작가도 변하지 않는다는 게 내 지론이었기 때문이다.

그런데 편견과 지론 안에서 잘 지내던 나의 평화를 양자오의 '하루키 읽는 법'이 여지없이 깨 버렸다. 이 책을 번역하면서 나는 비로소 하루키에게 또 다른 코드가, 『노르웨이의 숲』의 코드 외에 『해변의 카프카』의 코드가 있음을 깨달았다. 『세계의 끝과 하드보일드 원더랜드』, 『태엽 감는 새 연대기』 그리고 『해변의 카프카』로 이어지는 이 알레고리적 판타지의 글쓰기 노선은 『노르웨이의 숲』과 완전히 다르면서도 문학적 야심은 훨씬 더 크고 파격적이었다. 아아, 나는 왜 하루키에게 이런 면모가 있는 것을 까맣게 몰랐을까. 심지어 『세계의 끝과 하드보일드 원더랜드』는 『노르웨이의 숲』보다 먼저 출판된 작품인데도 말이다. 이번에 이 책의 번역을 위해 『해변의 카프카』 등을 읽으면서 나는 몹시 부끄러워하는 동시에 몰랐던 하루키의 새로운 세계를 차례차례 발견해 갔다. 실로 온종일 놀이공원을 쏘다니는 듯한 번역 과정이었다.

나보다 십여 살 어린 제자가(그래도 내일모레면 불혹이다!) 하루키 소설을 읽지 않은 게 없다고 하기에 도대체 왜 그랬느냐고 물었다. 제자는 "우리 때 유행이었어요!"라고 답했다. 참으로 하루키는 놀라운 작가다. 내가 젊었을 때도 하루키는 유행이었다. 그보다 십여 년 뒤에도 그는 유행이었고 지금도 그의 신작은 우리 출판계에서 초미의 관심사이다. 그의 나이, 올해로 일흔둘. 대체 언제까지 그는 우리 시대 사람들의 정신을 사로잡을 것인가? 이 모든 게 양자오의 말처럼 그가 '용감하고 터프한 삶에 사로잡힌 영원한 소년'이기 때문일까? 스무 살의 청년이 예순 살의 노년이 되어서도 그의 신작에 열광하고, 30년 전의 스무 살 청년도 오늘날의 스무 살 청년도 똑같이 '하루키 월드'에 매료되는 것을 보면 확실히 그런 것 같기는 하다. 칠십 대의 하루키에게, 그리고 곧 육십 대가 될 '열성 하루키 독자' 양자오에게 경의를 표하는 바이다.

2021년 6월

김택규

무라카미 하루키 연표

1949년 1월 12일 출생.

1968년 와세다대학 문학부 연극과 입학.

1971년 무라카미 요코와 결혼.

1979년 『바람의 노래를 들어라』로 군조 신인 문학상 수상.

1980년 『1973년의 핀볼』 출판.

1982년 『양을 쫓는 모험』을 출판하고 노마 문예 신인상 수상.

1983년 『중국행 슬로보트』와 『4월의 어느 맑은 아침에 100퍼센트의 여자를 만나는 것에 대하여』 출판.

1984년 『반딧불이』와 『무라카미 아사히도』 출판.

1985년 『회전목마의 데드 히트』와 『세계의 끝과 하드보일드 원더랜드』 출판. 후자는 다니자키 준이치로상을 수상.

1986년 『무라카미 아사히도의 역습』과 『랑겔한스섬의 오후』 출판. 유럽 각국을 돌며 『노르웨이의 숲』 집필을 시작.

1987년 『더 스크랩 - 1980년대를 추억하며』, 『해 뜨는 나라의 공장』, 『노르웨이의 숲』을 출판.

1988년 『댄스 댄스 댄스』 출판.

1989년 『무라카미 아사히도, 하이호!』 출판.

1990년 『TV 피플』, 『먼 북소리』, 『우천 염천』 출판.

1991년 미국 프린스턴대학교에 객원 교수로 부임.

1992년 『국경의 남쪽, 태양의 서쪽』 출판.

1994년 『슬픈 외국어』, 『태엽 감는 새 연대기』 1, 2권 출판.

1995년 도쿄 지하철 사린 가스 테러 사건 발생. 『태엽 감는 새 연대기』 3권과 『밤의 거미원숭이』 출판.

1996년 『렉싱턴의 유령』, 『하루키, 하야오를 만나러 가다』, 『소용돌이 고양이의 발견법』 출판.

1997년 『언더그라운드』와 『재즈 에세이』 출판.

1998년 『변경 · 근경』과 『언더그라운드 2: 약속된 장소에서』 출판.

1999년 『스푸트니크의 연인』과 『무라카미 하루키의 위스키 성지 여행』 출판.

2000년 『신의 아이들은 모두 춤춘다』 출판.

2001년 『시드니!』, 『또 하나의 재즈 에세이』, 『무라카미 라디오』 출판.

2002년 『해변의 카프카』 출판.

2004년 『애프터 다크』 출판. 단편 소설 「토니 타키타니」가 이치카와 준이 감독한 동명의 영화로 만들어져 상영.

2005년 『도쿄 기담집』과 『의미가 없다면 스윙은 없다』 출판.

2007년 『달리기를 말할 때 내가 하고 싶은 이야기』 출판.

2009년 예루살렘상 수상. 『1Q84』 1, 2권 출판.

2010년 『1Q84』 3권 출판. 『노르웨이의 숲』이 영화로 만들어져 상영.

2011년 카탈로니아 국제상 수상.

2012년 『잠』 출판.

2013년 『색채가 없는 다자키 쓰쿠루와 그가 순례를 떠난 해』 출판.

2014년 벨트 문학상 수상. 『여자 없는 남자들』 출판.

2016년 안데르센 문학상 수상.

2017년 『기사단장 죽이기』 1, 2권 출판.

2020년 『일인칭 단수』, 『고양이를 버리다—아버지에 대해 이야기할 때』 출판.

세계문학공부를 펴내며

사람들은 종종 책과 문학을 분리합니다.

"책은 좋아하지만 소설은 읽지 않는다."

"시는 어렵고 내 취향이 아니다."

무람없이 이야기하며 독서의 대상에서 문학을 제외하지요. 문학의 쓸모를 의심하기도 합니다. 난해하고 당장 써먹을 지식도 아닌 것 같다면서요. 하지만 문학의 힘과 읽는 즐거움, 읽고 난 후의 감동을 경험하고 나누는 사람이 곁에 있으면 그 문을 두드려 보고 싶은 마음이 생길지도 모릅니다. 높은 산을 쉽게 오를 사잇길을 누군가 알려 주고 동행한다면 한번쯤은 같이 오를 마음이 생기는 것처럼요.

세계문학공부는 바로 이런 독자를 위해 기획한 시리즈입니다.

자기 시대, 자기 나라를 대표하는 작가로 불리는 이들이 있지요. 미국의 헤밍웨이, 일본의 하루키, 프랑스의 카뮈, 독일의 릴케, 콜롬비아의 마르케스……. 나는 읽지 않았어도 수많은 작가와 작품이 인용하고 어디선가 들어 본 이름들이 있습니다. "누구누구를 읽지 않고 어디어디 문학을 논하지 말라."와 같은 무섭고도 거창한 말도 간혹 들리지요. 하지만 그런 협박성의 추천을 들어도 읽어 볼 엄두가 쉽게 나지는 않습니다. 일단 두껍고, 다른 나라 이야기이고, 한두 권도 아닌데 왜 읽어야 하는지 모르겠으니까요.

이 시리즈를 쓴 양자오 선생은 중화권을 대표하는 인문학자로 세계에서도 보기 드문 전방위적 텍스트 해설 능력을 갖춘 독서가입니다. 당신 자신이 소설가이자 좋은 책을 소개하는 라디오 프로그램의 진행자이며 탁월한 문예비평가이기도 합니다. 선생은 책과 문학의 문 앞에 서서 주저하는 이들을 위해 '명작을 남긴 거장'으로 손꼽히는 작가와 그들이 살았던 시대, 그들의 뛰어나고 독특한 작품을 만든 삶과 체험에 대해 이야기합니다. 기질은 어떻고 무엇을 좋아했는지, 어느 때 어디에 살았고 그때 그곳에서 어떤 일을 보고 겪었는지. 어떤 경험이 이 사람을 이런 작가로 만들었으며 그 모습이 여실히 드러난 대표작은 무엇인지 읽노라면 멀게만 느껴지던 작가가 조금씩 친근해지며 이런 '사람'이 쓴 값진 '이야기'를 읽어 보고 싶어집니다. 오랜 숙원인 '세계문학 읽기'가 시작되는 것이지요.

이미 문학 읽기의 기쁨을 아는 독자에게는 다시 읽기의 즐거움을 함께 맛보자고 제안합니다. "저도 예전에 읽었는데 이번에 다시 읽으니 이런 것들이 보였습니다만……." 하면서요. 읽다 보면 '어, 나도 읽었는데 왜 이건 못 봤지?' 하는 마음이 들며 먼지가 소복이 쌓인 서가에 꽂아 둔 오래된 이야기를 다시 읽고 싶어집니다. 언젠가 해 보려 했던 '다시 읽기'가 시작되는 것이지요.

스스로를 알고 타인을 이해하는 것이 문학 읽기의 쓸모라고 말하는 사람들이 있습니다. 문학은 언제나 우리를 더 나은 사람이 되도록 이끈다고 말하는 사람들도 있지요. 이 책은 우리를 이 쓸모의 바로 앞까지 데려다줍니다. 작가가 궁금해져서 작품 읽기를 시작해 보고 싶은 마음, 다시 읽기를 통해 이전에는 몰랐던 작가의 새로운 모습을 발견하고 싶은 마음, 나아가 작가가 살았던 시대와 세계까지 알고 싶은 마음이 생긴 독자와 함께 읽고 싶습니다.

유유 편집부 드림

영원한 소년의 정신
: 하루키 읽는 법

2021년 6월 14일 초판 1쇄 발행

지은이 양자오
옮긴이 김택규

펴낸이 조성웅
펴낸곳 도서출판 유유
등록 제406-2010-000032호 (2010년 4월 2일)
주소 서울시 마포구 동교로15길 30, 3층 (우편번호 04003)

전화 02-3144-6869
팩스 0303-3444-4645
홈페이지 uupress.co.kr
전자우편 uupress@gmail.com

페이스북 facebook.com/uupress
트위터 twitter.com/uu_press
인스타그램 instagram.com/uupress

편집 인수, 윤자영
디자인 이기준
마케팅 송세영

제작 제이오
인쇄 (주)민언프린텍
제책 (주)정문바인텍
물류 책과일터

ISBN 979-11-89683-95-5 04800
979-11-89683-93-1 (세트)